SV

Band 1092 der Bibliothek Suhrkamp

Jean Giono
Der Deserteur

Erzählung
Aus dem Französischen
von Hans Thill

Suhrkamp Verlag

Originaltitel: *Le Déserteur*
Die Erzählung wurde dem Band *Le Déserteur
et autres récits* entnommen.
© Editions Gallimard, 1973

Erste Auflage 1992
© Suhrkamp Verlag Frankfurt am Main 1992
Alle Rechte vorbehalten
Druck: Nomos Verlagsgesellschaft, Baden-Baden
Printed in Germany

Der Deserteur

Er ist auf den ersten Blick eine Figur von Victor Hugo. Er kommt über die französische Grenze, aber eigentlich stammt er aus der Welt der *Elenden,* bevor sie beschrieben wurde. Er hat weiße Hände und geht zum Volk. Vielleicht ist er ein Bischof und überläßt sich der öffentlichen Mildtätigkeit. Möglicherweise hat er ein unbekanntes Verbrechen begangen, sicher aber das der Anarchie: etwas, man weiß nicht was, lodert in seiner Vergangenheit. Seine Schlichtheit ist hochtrabend. Über Gott redet er wie ein Kind. Er ist Tag und Nacht, Schwarz und Weiß, Gut und Böse, von allem etwas.

Wer bringt keine Geheimnisse mit, zumal als Fremder? Hier tritt einer völlig verschreckt aus den Wäldern. Wo kommt er her? Wenn er über den Paß von Morgins in die Schweiz gelangt ist, wie man glaubt, dann kommt er von Abondance. Und vor Abondance? Aus dem Norden? Zumindest sein Akzent spricht dafür. Dann mußte er einen weiten Umweg um die Spitze des Genfer Sees nehmen. Wenn er auf der Flucht war vor Gefahren wie: Polizei, Carbonari, Last der Vergangenheit, Gewissensbissen; und wenn er sich in ein freies Land retten wollte, so kann man sich kaum vorstellen, daß er eine Grenze entlanggeht, die ihn von seiner Zuflucht trennt, um sie dann schließlich am Paß von Morgins zu überschreiten (der überdies nicht sonderlich bekannt ist, noch sonderlich angenehm). Wenn er von Norden kam, dann hatte er zahlreiche Gelegenheiten, über eine der (bequemen) Übergänge im Jura in den Kanton Waadt zu gelangen. Um 1850 (das ist die Zeit, die uns interessiert) gibt es unzählige französische oder deutsche Gesetzlose, die in der Umgebung des Dent de Vaulion über die Schweizer Grenze gehen. Eine Möglichkeit, die man sogar einplante und weiterempfahl. Es gab praktisch keine Überwachung. Major Nadaud trieb sich nach seinem Ausbruch aus dem Straflager von Brest in Belgien herum, versteckte sich in den Ardennen, in Belfort und in der Gegend von Salins. Er versuchte, durch das Tal von Travers in die Schweiz zu kommen, wurde von Hunden zurückgetrieben und erhielt schließlich in einem Gasthaus von Malbuisson alle Informationen über das, was er die »Annehmlichkeiten des Jura« nennt. Schließlich kam er beim See von Joux ungehindert über die Grenze. Carrelet, »Beau-Garçon« genannt, hatte die Polizei Karls X. auf den Fersen und machte sich über einen Pfad, der zu den Quellen der Orbe hinabführt, aus dem Staub. Von La Faucille bis Delle gibt es dreiundvierzig unbewachte Wege über die Grenze und neun sind bewacht – von bestechlichen Soldaten. Das ist bekannt. Es existiert eine Liste von diesen Übergängen, die man sich leicht verschaffen kann (sogar in Paris), man muß nur das »Milieu« kennen. Wer es nicht kennt, braucht nur die Ohren aufzusperren, und das tut man ja instinktiv, wenn man auf der

Flucht ist. Wenn unser »Deserteur« also wirklich aus dem Norden kommt, beispielsweise aus dem Elsaß (wegen seines Akzents), dann fragt man sich doch, weshalb er den Umweg um den See nehmen sollte, nur um dann am Paß von Morgins die Grenze zu überschreiten, obwohl er sich mit einem Satz in Sicherheit bringen konnte, etwa bei Pont-de-Roide, wo Esenbeck, genannt der »Hoogkyker« (seiner schweren Augenlider wegen), im Jahr 1839 den Gendarmen von Karlsbad entwischte.

Man kann sich also kaum vorstellen, daß er aus dem Norden gekommen sein soll. Womit ich keinesfalls sagen will, daß er nicht doch von dort kam. Kam er aus dem Süden? Man kann ja einen elsässischen Akzent haben und trotzdem aus dem Süden kommen. Aus dem Süden also, aber wie hätte das dann ausgesehen? Er wäre langsam aber sicher in die Sackgasse Genf-Evian-Montreux geraten, an dieses Seeufer, das eine ideale Falle darstellt. Folgen wir ihm doch einfach von Grenoble. Ein Privatmann, der sich in Richtung Schweiz absetzen will, nimmt natürlich den Weg über Allevard (man muß sich vorstellen, wie dieses Sträßchen um 1850 ausgesehen hat, von Gustave Doré gibt es Stiche im *Magasin pittoresque*, bei denen es einem kalt den Rücken hinabläuft), dann hinten am Lac d'Annecy vorbei, über Megève (noch so eine Hölle um 1850); er wird den Mont Blanc meiden, der für die Leute damals so etwas wie das Ungeheuer von Loch Ness ist, er wird über Cluses, Taninges, Les Gets gehen, immer geradeaus; von Les Gets aus wird er nicht nach Thonon hinabsteigen, denn er weiß, daß das Seeufer bewacht ist, er wird nach rechts abbiegen, ein kleiner Bergpfad führt ihn ins Tal von Abondance. Das ist eine gerade Linie, mehr oder weniger der direkteste Weg, es ist logisch, ihn zu nehmen, wenn man von Süden aus am schnellsten in die Schweiz kommen will, ohne gesehen und festgesetzt zu werden.

Als nächsten Punkt hätten wir folgendes zu klären: in Nendaz (man spricht es wie Ninde aus) hat er Bilder gemalt. Hat er auch zuvor schon gemalt? Das ist wahrscheinlich: man kommt nicht irgendwo an und beginnt ohne weiteres zu improvisieren. Gut, aber wenn er vor Nendaz schon gemalt hat, wo sind dann seine Bilder? Hier sind sie erhalten, weil sie der Volksseele gefielen, aber aus demselben Grund hätten sie auch anderswo erhalten bleiben müssen. Zugegeben, während seiner Flucht hat er vielleicht seine Farben nicht benutzt, aber zuvor muß er doch irgendwo gewohnt haben. Was hat er dort getan? Etwa Bilder gemalt? Wo sind sie? Wo hat man welche gefunden, die mit denen von Nendaz vergleichbar wären? Sie können doch nicht allesamt spurlos verschwunden sein?

Weit im Norden, in Epinal, gibt es eine Kunst, die auf den ersten Blick aussieht, als könnte sie vom Deserteur stammen. Genauer untersucht, ist sie völlig verschieden. Der Bilderbogen von Epinal besteht aus

Holzschnitten, die mit Schablonen koloriert wurden; der Deserteur malt, er ist kein Holzschneider. In Liffol-le-Grand, bei Neufchâteau existieren Exvotos, die seiner Malweise etwas näherkommen. Eine weitere Werkstatt dieser Bildnerei ist in Recey bekannt, unterhalb der Hochebene von Langres, eine weitere in Vaudeuvre, in der Nähe von Troyes. Man hat mir andere im Elsaß, in der Umgebung von Colmar genannt. Zweifellos gab es auch wandernde Votivmaler. Von einer Schule zu sprechen wäre etwas übertrieben, aber die Votivbilder, die aus der Werkstatt von Liffol-le-Grand und von Vaudeuvre stammen, weisen viele Gemeinsamkeiten mit den Bildern von Nendaz auf. Und mehr noch: »*Das Feuilleton von Paris*, Journal für unterhaltende Literatur, illustriert mit sehr schönen Stichen« veröffentlicht in seiner Nummer vom 15. März 1848 mehrere Votivbilder (leider wird ihre Herkunft nicht angegeben, aber ein begleitender Artikel nennt Liffol-le-Grand und Vaudeuvre), und auf einem dieser Bilder, gemalt als Dank für die Rettung von drei Kindern aus dem Feuer, finden wir *La prostituée de Babÿlonne* (die Hure Babylon) in derselben Orthographie wie beim Deserteur: *y* mit Trema und zwei *n*. Plötzlich scheint das Ziel zum Greifen nah. Aber es ist nichts: Wie wir weiter unten sehen werden, ist die Schreibung von Babylon mit Trema auf dem *y* und zwei *n* typisch für alle Exvotos.

Tief im Süden, in der Grafschaft von Nizza, findet

man Arbeiten aus mehreren Votivmalerwerkstätten. Ich werde nicht über jene sprechen, die jeder kennt, weil sie berühmt sind, ihnen können wir nichts entnehmen. Ich erwähne hier nur ein Bild in der Kirche von Beuil, wo wir wieder auf diese spezielle Schreibweise von Babylon stoßen, und zwei weitere in Entrevaux, wo wir den grün-blauen Hintergrund des *Sankt Georg* von Nendaz wiederfinden, ebenfalls auf einer Darstellung des heiligen Georg. Ich habe das Farbfoto von einem vierten Votivbild bekommen, das in Olmeto, im Süden Korsikas, aufgenommen wurde. Es hat genau jenes gewisse Etwas, das auch in den Farbtönen eines *Ecce Homo* des Deserteurs zu finden ist. Es stellt einen Hirten dar, der vom »Rotz« errettet wurde (einer tödlichen Krankheit, er hatte sicherlich nicht den Rotz, sonst wäre er nicht gerettet worden). Er trägt eine grüne Krone und hält wie Christus ein Schilfrohr in der Hand. Die Farben seines Wollhemdes, seines Mantels, seines Bartes, seines Mundes und seiner Augen sind genau wie die entsprechenden Farben des *Ecce Homo* von Nendaz. Er neigt seinen Kopf in dieselbe Richtung, die Mütze, die er trägt, imitiert täuschend echt den Heiligenschein des Christus, und die kleine Tafel hat oben, rechts und links des Kopfes, die beiden Sterne mit acht Zacken, rot, schwarz und gelb, womit die Parallele komplett wäre. Nur fehlt dem Hirten von Olmeto eine gewisse Grazie.

All das beweist lediglich eines: offenbar gab es eine

Schablone oder Übereinkunft, die zur Folge hatte, daß gewisse Figuren auf Votivbildern im Norden wie im Süden nach ein und derselben Tradition dargestellt wurden, und anscheinend kannte der Deserteur diese Tradition. Ein für solche ausgiebigen Recherchen vergleichsweise mageres Resultat. Wir wissen immer noch nicht, ob der Mann, der aus den Wäldern tritt wie ein Hirsch, aus dem Norden oder aus dem Süden kommt.

Wir wissen auch nicht, was er tut. Ist sein Verbrechen (wenn er überhaupt eines begangen hat!) politisch, aus Leidenschaft oder gewöhnlich? Hat er sich an einer Verschwörung beteiligt, eine Frau getötet, war es ein bewaffneter Raubüberfall? Er hat weiße Hände, den Bauern des Wallis ist das sofort aufgefallen. Er ist also ein Herr. Daher kommt man auf politische Ideen, auf Konspiratives. Aber welche Verschwörung? Wurde um 1850 überhaupt konspiriert? Wo denn? Selbst in der Umgebung des späteren Kaisers »Badinguet« ist im Augenblick alles ruhig. Und die Duchesse de Berry, der General Lamarque? Beide sind weit. Cugnet de Montarlot noch viel weiter. Die Geheimgesellschaften: Devoranten und Hyrkanienser, der Grand Orient, Mustapha der Perser, kleine bonapartistische Inselchen, Pfützen und Teiche von Republikanern, die Grande Marianne, die Vier Jahreszeiten, die Phrygische Mütze, Tante Aurora, die Söhne von Bobèche, der Fil en Quatre, der Schlafende Löwe etc. ... War er vielleicht Mitglied einer dieser Gesellschaften, kleinen und großen Banden, bei denen (fürs erste) die große Ruhe eingekehrt war und die sich außerdem fest im Griff der Polizei befanden, durch zahlreiche Agenten, gelegentlich auch *agents provocateurs*? War er das Ziel einer dieser Provokationen und dadurch kompromittiert worden? Um zum Gegenstand eines solchen Unternehmens zu werden, mußte man ein »hohes Tier« oder ein »Rädelsführer« sein. Aber dann hätte er sich nicht in die Schweiz abgesetzt, um dort Bilder zu malen. Und hat man denn schon einmal ein »hohes Tier« gesehen, auch (oder gerade) wenn es ein Republikaner ist, ohne einen *sous* in der Tasche? Der überdies in seinem Herzen die zarten Farben des Sankt Jakobus in Galicien tragen könnte?

Die Votivmaler nannten ihr Handwerk »Maler der Frömmigkeit«. Sie waren im allgemeinen Legitimisten und hatten sich in einem Orden zusammengeschlossen, der »die Brüder der Tabaksdose« hieß. Tabaksdose im Sinne von »eine Prise Kleie nehmen«, so sagte man zur Zeit des *Terreur,* wenn ein Kopf in den Korb der Guillotine fiel. An diesem Etikett und seinem schrillen Bild kann man gut ablesen, daß die Maler der Frömmigkeit eindeutig zu den Schwachen gehörten; sie waren naive und friedliche Leute, also keinesfalls angriffslustig, die niemanden hinters Licht führten, am wenigsten aber die Polizei.

Das ist also nicht die Richtung, in der man suchen

muß. Hinzu kommt das Bild des Deserteurs, das uns von denen, die ihm nahegekommen waren und ihn kannten, überliefert worden ist: weder körperlich noch seelisch gleicht es dem eines Verschwörers. Oder auch nur eines einfachen politischen Täters.

Ein Verbrechen aus Leidenschaft? In der Zeit, die uns interessiert, hinterließen solche Taten deutliche Spuren. Man schrieb darüber in den Zeitungen, und zwar monatelang. Wenn man als Zentrum zuerst Lyon nimmt, dann Colmar (der elsässische Akzent des Deserteurs) und schließlich Avignon, und daraufhin die *Gazette des Tribunaux* durchforstet, Steckbriefe, berühmte Fälle etc., in einem Umkreis von hundert Kilometern, dann findet man nur sechs Verbrechen aus Leidenschaft, bei denen der Schuldige geflohen ist und nicht mehr gefunden wurde.

Tatsächlich ist da ein Fall bei Colmar, in Orbey. Aber es handelt sich um einen Wilderer, der eine Wäscherin, mit der er zusammenlebte, im Waschtrog ertränkte, dann machte er sich aus dem Staub. Man vermutet, daß er sich in der Schweiz aufhält. Seine Personenbeschreibung: »blond, spindeldürr, dreißig Jahre alt«, entspricht nicht dem Aussehen des Deserteurs. Drei Verbrechen aus Leidenschaft in Lyon, drei, bei denen der Held auf der Flucht ist. Aber auch hier haben wir einmal einen Arbeiter aus der Seidenspinnerei, der bei Morgengrauen ein Mädchen erwürgt hat, fünfzig Jahre alt, hinkend; er wird nicht in der Schweiz vermutet, man glaubt, er habe sich im Forez versteckt. Der andere ist ein Notariatsangestellter: er hat eine Mandantin seines Chefs getötet. Motiv: materiell; »klein, dick, sehr kurzsichtig«; dieser ist zwar in die Schweiz entwischt, aber wieder paßt die Personenbeschreibung nicht, es paßt auch nicht, daß er eine schöne Baßstimme hatte und gern vor Publikum damit imponiert haben soll. Der Dritte aus Lyon läßt auf den ersten Blick Mitleidsgefühle aufkommen: Es handelt sich um einen Mann im besten Alter, »korrekt und mit guten Manieren, im allgemeinen unauffällig«, überdies ist er Maler in einer Seidenspinnerei und hat niemanden getötet: Er hat nur, wütend wie ein Stier, Madame Aurélie Pinche schlimme Quetschungen zugefügt, der Unternehmerin, für die er gearbeitet hat. Zu Tode erschrocken, ergreift er die Flucht. Recht getan, denn als Aurélie wieder auf den Beinen ist, wird sie von der kalten Wut gepackt und veranlaßt, daß die Polizei ihm mit gezogener Waffe nachsetzt. Ist er in der Schweiz oder anderswo? Man weiß es nicht. Dafür weiß man, daß er nicht unser Deserteur ist, er hat nämlich Frau und Kind, und außerdem hat die Polizei, wenn sie ihn schon nicht fängt, doch schnell herausgefunden, daß er nicht weit sein kann, er arbeitet und schickt seiner Familie Geld; vielleicht hat er nicht einmal Lyon verlassen.

In den beiden Fällen von Verbrechen aus Leidenschaft in der Umgebung von Avignon paßt nichts zu unserem Mann. Das sind die Taten von dunklen Finsterlingen.

Der Deserteur ist also auch kein Verbrecher aus Leidenschaft. Er ist kein Cartouche und kein Mandrin. Das ist bedauerlich: es wäre doch schön, wenn man ihn jetzt, nach einem am Heizkessel und mit dem *Courrier de Lyon* verbrachten Leben, in den Heuschobern von Nendaz wiederfinden würde, den Pinsel in der Hand, eine Rose an dessen Spitze, im Begriff, die heilige Mutter Gottes zu malen. Aber durch Improvisation wird man nicht zum Deserteur, man springt nicht mit einem Satz in das Leben eines Besinnlichen und vor allem nicht in die Haut eines Mannes, der das Elend annimmt.

Dieses Annehmen des Elends erklärt alles. Der Maler von Nendaz ist kein Delinquent, er ist ein Elender. Aber wie alle echten Elenden, jene, die es nicht zufällig, sondern aus Bestimmung sind, flieht er vor der Polizei, weil er keine Papiere hat, weil er ganz genau weiß, daß er im Unrecht ist. Er fühlt sich nur wohl in seiner Haut, wenn er sich versteckt oder unter einfachen Leuten ist, bei denen, die ihn auch ohne große Umwege im Geiste verstehen können. Die Elenden passen nicht in die Stadt (um 1850) und nicht zur (damaligen) Bourgeoisie. Man wirft sie ins Gefängnis oder in Armenhäuser, die noch schlimmer als Gefängnisse sind, auf jeden Fall aber werden sie hin und her geschubst. Der Deserteur kommt über den Paß von Morgins. Wie ein Hirsch tritt er völlig verschreckt aus dem Wald am Nordhang des Wallis. Und bevor wir ihm auf dem Pfad folgen, der ihn von Morgins bis zur Grube auf dem Friedhof von Nendaz führt, wollen wir festhalten, daß ihm die Walliser einen treffenden Namen gegeben haben: er ist nämlich schlicht und einfach ein *Deserteur*. Er desertiert aus einer bestimmten Gesellschaftsform, um in einer anderen zu leben.

Vergegenwärtigen wir uns das Gebirge um 1850. Das war nicht wie heute eine Skifabrik mit Autobahn, Flugplatz, Helikopter, Fernsehstation, Lift, Seilbahn, Buskarawanen und Fünfundzwanzig-Sterne-Hotels. Es war der ganz normale Heroismus. Kein Ort, den man aufsuchte, nicht einmal im Sommer, und jene, die im Winter dort wohnten, hausten wie die Murmeltiere. Es gab Bären in den Wäldern. Befahrbare Wege gingen bis zum letzten Haus im letzten Flecken und nicht weiter; außerdem waren sie vom Herbst bis zum Frühlingsende Bäche aus Schlamm und Jauche. Oberhalb der Scheunengrenze gab es nur noch Pfade, die kaum markiert waren und nur selten benutzt wurden. Tibet mitten in Europa. Wer von den Alpen sprach, dachte an Dante. Man muß sich nur einmal die damaligen Stiche anschauen. Manche waren von Künstlern aus dem Stegreif gezeichnet worden, die niemals höher hinaus als die Türme von Notre-Dame gekommen waren und so die Legende abbildeten. Jeder Reisende, selbst wenn er seine Postkutsche nicht verlassen hatte (und auch dann mußte man Mut besitzen, wenn es ab und zu über Abgründe hinweg ging), schrieb bei seiner Rückkehr einen Reisebericht voller Ausrufezeichen, mit Ohs und Ahs, mit Gottverdammt! und sei's geklagt! Die Alpen zu überqueren, das hieß, auf die andere Seite zu gehen. Es gab Banditen auf den Straßen. Die Wirte waren Halsabschneider oder zumindest Beutelschneider. Tosende Wasserfälle, das Raunen der Felsen im Wind, die Baßstimme der Echos und jenes geheimnisvolle Hohnlachen, das immer in den tellurischen Wüsteneien hervorplatzt, betäubten den Fremden und stumpften den Eingeborenen ab. Der Kropf ließ an jedem Brunnen seine Melonen schwellen. In Savoyen gab es ein rotes Spezialsalz zu kaufen, das chemisch jodiert war. Es war das Land des Arzneibuchs und der Deppen: man sammelte Kräutlein und war einfältig. Hier erschien die Jungfrau Maria noch den Hirten. Die Leute aßen sechs Monate altes Brot, das man mit der Axt zerkleinern mußte. Den ganzen Winter über konnten die Toten nicht begraben werden: bis zum Sommer kamen sie in den Schnee auf dem Dach des Hauses.

Abondance war als Name nicht so treffend. Ein mageres, schwarzes Kaff, das nichts im Überfluß hatte. Die Straße von Thonon war kaum markiert, gerade, daß es für die Maultiere reichte, und nur über sie konnte man in das Dorf kommen. Wohin war man gekommen? Fünf enge Gassen, als einziges Geschäft ein Krämerladen, der vor allem Faden verkaufte, und als einziger Handwerker ein Sattler, der mit Mühe und Not einen Schuh flicken konnte. Schließlich in einem Kloster die Mönche von Saint-Maurice-d'Agaune – die nicht gerade als Spaßvögel und fröhliche Luftikusse galten. (Agaune – Acaunum, Stein im Keltischen – war ein felsiger Engpaß, der aus stinkenden Sümpfen emporragte. Zuerst wurde hier Merkur verehrt, der Gott der Diebe.) Von Abondance zum Paß von Morgins: ein Schmugglerpfad. Im Sommer herrschte ein alles durchdringender, solider Jauchegeruch. Im Winter vertrieb ihn der Frost, aber dann war das Tageslicht nicht heller als eine Höhlenfunzel.

Wir haben in Abondance nach Spuren gesucht, die der Deserteur auf seiner Durchreise hinterlassen haben könnte: wir haben nichts gefunden. Weder im Kloster »zum ewigen Lob des Menschen und der Qualen«, wo er hätte haltmachen können, weil sich hier sowohl Kunden als auch Inspirationen in Hülle und Fülle befanden, noch bei Privatleuten. Immerhin war das Kloster zu jener Zeit, die wir gerade beschreiben wollen, eine ideale Zuflucht für eine Person seines Wesens. Die Gendarmen machten nicht oft ihre Runden in dieser Gegend. Sie waren bei allen schlecht angesehen, die Mönche eingeschlossen, der Schmuggel war die läßliche Sünde von jedermann. Man konnte also mit Fug und Recht auf einen Sankt Georg, einen Sankt Mauritius hoffen, eine Ikone, nichts. Aber wenn er hier durchkam, dann hat er sich wohl ein wenig ausgeruht, bevor er sich auf den Weg zur Grenze machte. Wahrscheinlich hat er gebettelt, ist aber nicht seinem Handwerk nachgegangen. Anscheinend hat er auf dieser Seite der Alpen kein günstiges Klima vorgefunden.

Keine Spur in Morzine, in Samoëns, in Sixt noch in Chamonix, auch nicht in Saint-Gingolph oder in Monthey. Er hätte in das Wallis über das Rhônetal kommen können; manche glauben das, aber keine Spur im Rhônetal. Sicherlich ist er nicht nach Sion gegangen. Wenn man darüber nachdenkt, ist dieses Fehlen von Spuren erstaunlich. Da ist ein Mann, der, einmal in der Gegend von Nendaz angekommen, mit einer Kunstfertigkeit zu malen beginnt, die auf Erfahrung schließen läßt, und doch findet man nirgends etwas von ihm, mit Ausnahme von Nendaz. Er hat nur in diesem Bergdorf im Wallis gemalt: hier und nirgends sonst. Immerhin ist er sechsunddreißig Jahre alt, als er in die Schweiz kommt, ein Mann im besten Alter. Man wird nicht behaupten wollen, daß er bis zum Alter von sechsunddreißig Jahren nie einen Pinsel in der Hand hatte: dennoch, keine Spur, er kommt aus dem Nichts. Auf der anderen Seite der Alpen ist er ein Niemand. Er geht über den Paß von Morgins, und auf der hiesigen Seite der Alpen ist er der Maler von Nendaz! Aber er hatte immerhin seine Farben im Beutel, und wenn er keinen Beutel hatte (denn bei einem Kerl seines Kalibers ist das durchaus möglich), dann hatte er sie in seiner Tasche. Und weder in Abondance noch später in Val-d'Illiez, weder in Salvan noch in Champex hätte er sich seine Farben beschaffen können. Aber wo dann? Denn er geht ja nicht ins Tal hinunter, und man findet keine Drogisten, geschweige denn Farbenhändler, an den Hängen dieser Berge! Daß er kein Verbrechen begangen haben soll (vielleicht nicht einmal ein Delikt – von der Armut abgesehen), kann man noch hinnehmen, denn überall auf der Welt gibt es Menschen, die kein Verbrechen begangen haben, auch kein politisches, daß er aber plötzlich aus dem Wald auftaucht wie vom Zufall gezeugt, daß er einfach aus dem Nichts tritt, das ist unerträglich. Gern möchte man irgendwo ein kleines Bild finden, einen kleinen Stein, auf dem er seine Pinsel ausprobiert hat: nichts, das komplette Nichts, die absolute Finsternis. Niemand hat ihn je gesehen, er hat niemals existiert, wurde niemals geboren vor diesem Schritt, mit dem er aus dem Waldrand oberhalb von Morgins tritt.

An manchen Stationen seiner Geschichte werden wir auf dieses »französische Nichts« zurückkommen müssen, auf diesen Nullpunkt, aus dem wir ihn jetzt treten sehen. Wenn wir manchmal den Eindruck haben, er sei ein wenig zu leicht zu verstehen, ein wenig zu naiv, dann werden wir, um ihn zu sehen, wie er ist, uns erinnern müssen, mit welcher Umsicht er seine Spuren verwischt hat, oder wir müßten annehmen, daß die Götter ihn hier absetzten, beides spricht kaum für Naivität. Bei aller Schönheit seiner Farben, aller Frische seines Ausdrucks darf man doch nie das Dunkel vergessen, aus dem er kommt, und die Finsternis, die er lange in sich einschloß.

In Morgins liegen die Nebel der Rhône unter ihm. Aus der milchigen Ausdünstung des Flusses sieht er ganz unten die Spitzen der hohen Pappeln tauchen, welche die Landstraße nach Martigny begleiten, und weiter hinten die Pyramide, die das Knie, die Biegung des Tals markiert, in Richtung Sion und der Hochgletscher. Auf der anderen Seite des Tals ist das »Oberland« und die wattige Masse der Wolken, aus denen einige nasse Felswände hervorleuchten. Vor ihm der Dent du Midi, der Berg, der ständig in sich zusammenstürzt und wie ein Fuchs bellt, wenn sich das Tauwetter in seinen zerklüfteten Felsen bläht.

Ein Herbstabend. Es ist kalt. Drei Uhr nachmittags, die Sonne ist gesunken, das Licht ist schön, ein leichter Wind steigt vom Tal auf. In Morgins bereitet man den Almabtrieb vor; schon seit mindestens zwei Wochen kommen die Leute von der Alm herunter. Man hat schon ein paar Nüsse geknackt und wird noch mehr knacken während dieses langen Abends, der sich jetzt breit macht.

Unser Mann nutzt den verbleibenden Rest des Tages, um das andere Land zu erreichen. In diesem Augenblick macht er einen stattlichen, soliden Eindruck. Er hat sich in den Eschen einen neuen Stock geschnitten. Er ist ein wenig erstaunt über das rote Wasser, das hier in den Bächen fließt, er weiß nicht, daß es in dieser Gegend Eisenquellen gibt. Dieses ungewöhnliche Rot ist wirklich ein Zeichen, daß er noch eine andere Grenze überschritten hat, außer der, die zwischen den Staaten liegt. An der Flanke des Gebirges geht er auf das Tal von Illiez zu.

Die Wiesen haben ihren Winterpelz noch nicht angelegt. Das Gras ist noch nicht verfilzt, es ist lang und ermüdet noch den Schritt; die Nußbäume haben ihre Blätter verloren, und der leichte, etwas scharfe Wind schüttelt die letzten Federchen an den Spitzen der Äste; die Kastanien spielen noch mit ihrem braunen, knisternden Laubwerk Versteck, worin schon das Winterfeuer leckt; die Ahornbäume sind blutrot, und im Grau des Abends hält ihr Purpur das Licht für eine Weile, sie glänzen aus den buschigen Hecken hervor wie dicke Schusterlampen.

Die Siedlungen des Tals von Illiez liegen über die Hänge verstreut. Ein Fenster nach dem anderen leuchtet auf. Während die Stille die Höhen erreicht hat, hört man im Tal das dumpfe Rollen eines Karrens, der nach Les Évouettes hinabfährt. Hunde bellen weit unten, weit oben, dort vorn, dort hinten, auf der Seite von Morgins, das in seinem Nest zu glänzen beginnt.

Hat unser Mann etwas gegessen? Man weiß es nicht. Man weiß nicht, ob diese Sorte Maler überhaupt etwas ißt. Auf jeden Fall weiß man aber, daß er eines Morgens auf einer Alm bewirtet wurde, den Mayens de Prabys. Wahrscheinlich hatte er die Nacht im Heu verbracht, in einem Schober an der Vièze, deren Wasser nicht mehr murmelt, weil es weiter oben schon vom Frost gepackt worden ist.

Er aß Brot und Käse mit einem bärtigen Mann. Den Wein wies er zurück. Er fühlte sich wohl. Er begann zu denken, daß es vielleicht auch für ihn eine Heimat geben könnte. Er hatte ein langes Gespräch mit dem Bauern von Prabys. Er wußte sich auszudrücken, zu gut vielleicht, mit dem immer beängstigenden Vokabular von jenen, die größere Tiere als Kühe auf ihre Weide führen, dazu noch unsichtbare; aber das kann einen Bergbauern im Tal von Illiez nicht aus der Ruhe bringen. Im Gegenteil, hier beginnt das Land der Schlange Vouivre, des Berggeistes, der Teufel, Gnome und wer weiß was alles an »Wirbelkreuzen«, »Spicknadeln« und »Synagogen«? Die Welt der Hirten ist nie ganz beschaulich. Das besinnliche Leben führt einen in verdammte Schluchten hinab. Man braucht eine Menge von »Göttern, die beinahe Teufel sind«, wenn man in Gesellschaft von Tieren und Kräutern lebt. Wer treibt die Herden über ein Gatter, das man selbst kaum übersteigen kann? Wer bringt die nächtliche Unruhe unter die Kühe, jagt sie, bis sie rasend vor Angst über den ganzen Hang verstreut sind? Wer verwandelt Christenmenschen in Wölfe? Das kommt vor! Also? Eine Antwort kann nur in dieser »blumig verkehrten« Sprache gegeben werden, in der es mehr Worte als Sinn gibt. So reden jedenfalls an diesem Oktobermorgen, der von allen Seiten mit Nebel verstopft ist, der Deserteur und der Bauer.

Es wird schon gehen. Zeit aufzubrechen, um noch ein bißchen weiterzukommen, da die Bergflanke entlang, und so erkundigt sich der Deserteur, welchen Weg er zu nehmen hat, zur großen Enttäuschung des Kuhhirten, der am liebsten diesen ganzen horizontlosen Tag damit verbracht hätte, seine Mythologie mit der dieses Wanderers zu vergleichen.

Wohin will er gehen? Er weiß es nicht. Immer geradeaus, dabei kann man in dieser Watte heute durchaus auf der Nase landen – man muß nur an einen Abhang geraten. Und die gibt es hier, natürlich, ein Abhang ist immer irgendwo. Er sollte nach Champéry hinaufsteigen. Von dort aus gibt es eine Straße zu einem Paß namens Clusanfe. Sie führt nach Les Granges und Salvan.

Und unser Mann steigt nach Champéry hinauf, er steigt noch bis Clusanfe, und jetzt ist er in Les Granges (dort gibt es nichts – aber er braucht auch nichts), und dann ist er schon kurz vor Salvan (aber bei dem Nebel sieht er nicht einmal die Hälfte von dem Elend), in einer Gegend, wo man lieber siebenmal probieren sollte, bevor man einen Schritt tut. Wie man sich durch die Geräusche vortastet, die Ohren zu Fächern ausgestellt, könnte man denken, daß beinahe überall ein Abgrund lauert.

Eine alte Frau hilft ihm aus der Klemme, sie taucht

aus dem Nebel auf und führt ihn. Auch mit ihr spricht er in seiner »blumig verkehrten« Sprache, während sie dem Weg folgen. Sie hat ihm den Zipfel von ihrer Schürze gegeben, damit er sich festhalten kann.
Erst am Nachmittag wird er Teile der Landschaft sehen: bereits rote Lärchen, die die Hälfte ihrer Nadeln verloren haben, das Bruchstück eines bläulichen Gletschers, eine tiefe Schlucht, schwarz wie die Nacht.
Die alte Bäuerin hat ihn bis Salvan geführt, sie rät ihm davon ab, noch weiter bis Finhaut aufzusteigen. Bei diesem Wetter und weil er überdies nicht aus den Bergen stammt, redet sie ihm zu, doch nach Martigny abzusteigen. Aber Martigny liegt im Tal, hier fährt die Postkutsche, an jeder Station gibt es eine Wache, auf der man Fragen stellt. Er geht zwar bergab, aber nicht ganz bis ins Tal: die Nacht verbringt er in Râpes. Man weiß nicht, wen er hier trifft, auch nicht, wie er sich durchschlägt, ob er etwas zu essen findet und ein Dach über dem Kopf. Ein Geheimnis mehr oder weniger ficht unseren Mann nicht an: über ihm türmen sich die Geheimnisse.
In Râpes also keine Auskunft. Wir wissen nur, daß er gegen Mittag in Salvan ankommt, es herrscht dichter Nebel, in der Hand den Schürzenzipfel einer alten Käserin, daß er ganz nah am »Dorfkrug« vorbeigeht, ohne einzukehren, trotz eines leichten Sprühregens, und daß er die Straße hinunter ins Tal nimmt. Daß er

nicht bis Martigny kommt, kann man nur vermuten, aber es ist kaum vorstellbar, daß er die großen Verbindungsstraßen benutzt: er ist illegal in die Schweiz eingereist; wenn er illegal in die Schweiz eingereist ist, muß er seine Gründe haben; aus denselben Gründen wird er jetzt die herkömmlichen Reisewege meiden.

Sein Aufenthalt in Râpes ist eine Hypothese. Viel weiter wird er an dem Tag wohl nicht gekommen sein. Die Unterhaltung mit der alten Frau hat ihn vorsichtig gemacht. Das Wetter wird eher noch schlechter, alle Felsen um ihn spucken Wolken aus. Es wird schon um drei Uhr Nacht. Er weiß, daß auf der Bergseite eine Menge Ärger auf ihn wartet: er hat in den Rissen des Nebels das abweisende Gesicht von Gletschern und Felsnadeln gesehen, und er wird nicht immer einen Schürzenzipfel haben, der ihn führt. Auf der Talseite ist auch nicht alles rosig: hier sind es die Menschen, die ihm drohend auflauern. Vor ihnen hat er zweifellos die größere Angst, weshalb es vernünftig ist, sich vorzustellen, daß er mitten in dieser Zwickmühle zuerst einmal haltmacht. Er hat vielleicht eine Scheune gesucht, um sich hinzulegen. Er ist auch müde. Er hat mehr als zehn Meilen in zweieinhalb Tagen zurückgelegt (die ganze Strecke seit Abondance und zuvor nicht mitgerechnet).

Wenn wir uns so lange mit diesem Weg aufhalten, der ihn nach Nendaz führt, dann deshalb, weil es den Anschein hat, als habe der Deserteur während dieser

Zeit sich eine Seele gefertigt; denn immer noch bleibt zu erklären, weshalb er auf der anderen Seite der Alpen keine Malerei hinterlassen hat. Eine kleine Auskunft, eine belanglose Geste, die Landschaft, das Wetter, Geräusche, die er hört, Ängste, die er hat, die Zukunft, die er vor sich sieht, all das hat in diesem Augenblick eine große Bedeutung. Wenn wir es mit diesen Zutaten nicht »schaffen«, dann werden wir es nie erklären können.

Als der Deserteur sein Nachtlager in Râpes wieder verläßt, erlebt er ein Abenteuer, das er später Jules Dayen aus Basse-Nendaz erzählt hat. Von Râpes aus ist er selbstverständlich zur Straße nach Sembrancher hinabgestiegen. Aber das ist die große Verbindungsstraße mit dem Aostatal, die über den Sankt Bernhard führt: ein Hin und Her von Wagen, Reitern, Karren, Fußgängern. Überdies ist Mittwoch, der Tag der Post nach Italien, und unser Mann wird von der Postkutsche überholt, die drei Gendarmen eskortieren. Ein Geräusch, das ihn erstarren läßt, mehr noch als der Nordwind, der ihm um die Ohren pfeift. Im übrigen hat der Wind das ganze Land vom Nebel gesäubert, der Himmel ist tiefblau, und trotz der bitteren Kälte schenkt der Herbst einen seiner schönen Tage, golden wie eine Aprikose.

Als er Les Valettes durchquert, sieht er einen Weg, der nach rechts abgeht, ihn nimmt er in aller Eile. Er will möglichst schnell die große Straße und die Gendarmen hinter sich lassen, so gelangt er ins Tal von

Ferret. Diese Erinnerung ist ihm sehr lebendig geblieben, beinahe obsessiv. Später hat er mit Jules Dayen darüber gesprochen, auch mit Marie Asperlin aus Sion, ein oder zwei Jahre vor seinem Tod.
Sobald er im Einschnitt des Tals ist, hat der Nordwind aufgehört, ihn zu schikanieren. Immer noch hört er ihn in der Höhe pfeifen, aber jetzt kommt er nicht mehr von vorn und fährt auch nicht mehr unter seine Kamelottweste. Er geht im Schutz der Lärchen.
Zu seiner Linken liegen abgeweidete Hügel, hier schon ein wenig ins Gelbe hinüberspielend, eine sehnige Landschaft, aber doch auch mild und sehr lieblich mit ihren Abflachungen und Terrassen. Aber rechter Hand sieht er etwas, das man um 1850 die Hölle nennt: Felsen, sogar eine Mischung aus Kristallgestein und Granit, ein phantastisches Mineralschloß, das hoch in den Himmel aufragt, mit Kanten, Rinnen und Nadeln, von denen Bäche und Kaskaden fließen. Das Tageslicht gleicht dem spielerischen Licht Italiens; alles klar und sauber, alles glitzert. Jedes Ding hat seinen Schmelz: an der Naht des kleinsten Grashalms läuft der gleiche goldene Faden wie im Rieseln der Wassermassen, die weit oben vom Massiv der Argentières und des Trient hinabstürzen. Selbst die Kälte ist fröhlich und munter.
Dies ist ein armes Land. Aber der Deserteur braucht keinen Reichtum, im Gegenteil. Reiche Leute haben eine essigsaure Stimme und brüske Gesten. Er fürch-

tet ihre Nähe; in ihrer Begleitung gibt es immer ein paar Zweispitze. Er fühlt sich nur wohl in den Landschaften wie dieser hier. Die Getreide- und Kartoffelfelder sind winzig; das Heu ist auffallend kurz und ohne Grummet. Die Schober sind aus Holz, stehen auf Pfahlwerk und haben Stangen zum Trocknen des Futters. Man hat den Eindruck, daß hier alles seine Verwendung findet.

Nachdem er die Lärchen hinter sich gelassen hat, geht der Deserteur durch kleine Obstgärten, soweit die Stoppeln es zulassen. Dieser »kleine« Besitz macht ihm Freude. Dann wieder Lärchenwald. Die Straße steigt steil an. Von Zeit zu Zeit sieht er durch das dichte Dachwerk der Lärchen die schwindelerregende Konstruktion der Felsnadeln und die grünlichen Standarten der Gletscher. An seiner Seite murmelt der Durnand. Die Weiden, die er am Ausgang des Waldes vorfindet, mildern nicht den Aufstieg. Endlich läßt er den Durnand, der nach rechts abgeht, hinter sich, und nachdem er einen kleinen Steilhang erklommen hat, steigt er, berauscht von der Stille, vorsichtig ins enge Tal von Champex hinab.

Im Dorf macht er nicht halt. Schon seit langem hat er die Gewohnheit, dem Knurren seines leeren Magens keine Beachtung zu schenken. Auch er weiß, wie man mit wenig lebt: er hat ein Stück Käse und einen Brotkanten in seiner Tasche, noch von gestern, von der Alm von Prabys. Er sucht sich einen Unterschlupf und ruht mit Blick auf den kleinen See. Er

denkt an die alte Frau, die ihn am Schürzenzipfel aus den Abgründen von Salvan führte. Sie hat ihm von einem See erzählt, in dem sich die Vouivre versteckt hält, und er sagt sich, daß es zweifellos dieser hier sein muß. Jedenfalls spiegelt sich der Grand Combin im See, und der Widerschein der hohen Felsarchitektur konstruiert ein verkehrtes Schloß im Wasser, in dem die Schlange mit dem Diamantenschwanz ihre Herrschaft aufs beste ausüben kann. In seinem Unterschlupf ißt er nun das Brot und den Käse, während der Nordwind über das Wasser des kleinen Sees streicht, die Mauern des Schlangenschlosses erzittern läßt und Braun, Grün und Weiß miteinander vermischt, selbst das Schwarz hineinrührt (welches auch eine Farbe ist, was immer man behaupten mag).
Nutzen wir diesen gleißenden Augenblick, um zu sagen, wie der Deserteur aussieht. Er ist ein Mann im besten Alter zwischen sechsunddreißig und vierzig Jahren, von stattlichem Äußeren, mit ein wenig affektiertem Gebaren, wie jene Gesellen, die irgendeine Funktion in ihrer Bruderschaft innehaben. Und für eine solche Funktion genügt es, wenn man eine volkstümliche Tugend vorzuweisen hat. Nun, was die Tugend angeht, so macht der Deserteur den Eindruck, als würde er sie gewissermaßen aufs natürlichste ausscheiden, man ahnt sofort, daß er tugendhaft ist, wie andere kurzsichtig sind, einer, der Tugend produziert, wie man sonst Schweiß produziert, und das auf dieselbe natürliche Weise. Deshalb nimmt er

alles in sich auf, was ihn angeht, und vor allem, was die Götter betrifft. Sie stehen hier in der Mehrzahl, weil der Deserteur zwar nur Christus und seine Gesellschaft malt, aber dennoch aus Instinkt primitive Lieder über Zeremonien aus der keltischen Legende verfaßt hat, er beschwört die Geister, schreibt Zaubersprüche auf und beschäftigt sich mit dem Arzneibuch. Wie alle tugendhaften Menschen ist er naiv. Er hat braune Augen. Schließlich trägt er einen Bart (der ist kastanienbraun); nun, ein Bart um 1850, das ist, wie wenn man heute (1966) Pfeife raucht. Es verleiht einem eine solide, gemütliche Männlichkeit. Was selbstverständlich überhaupt nicht zutrifft, denn er ist weder solide noch gemütlich, und er hat als Männlichkeit nur seine Tugend. Aber der Bart bietet einen großen Vorteil: er gibt ihm ein vertrautes Gesicht. Von zehn Bergbauern in der Umgebung tragen neun einen Bart; neun von zehn haben auch braune Augen. Man bemerkt ihn nicht, und wenn man ihn doch bemerkt, dann denkt man, er sei von hier. Erst wenn er spricht, wirkt er wie ein Fremder. Zum einen macht er seine Sätze aus Wörtern, die man zwar kennt, na klar, aber man benutzt sie nicht; zum anderen hat er einen starken Akzent, den man zu Anfang für elsässisch hält, der aber ebensogut aus Savoyen sein kann. Die bäuerlichen Dialekte um Cluses, Bonneville, Passy haben die Langsamkeit, den Ton und die germanische Aussprache der Diphtonge, all das, was eben (zu Anfang) elsässisch klingt. Vor allem für

die Ohren von Leuten, die nicht häufig mit dem Akzent der Elsässer in Berührung kommen, was im Wallis um 1850 der Fall ist. Bleibt noch zu sagen, daß unser Deserteur groß ist, aber etwas hängende Schultern hat, das gibt ihm das Aussehen eines Mannes, der mit den Händen arbeitet. Leider weiß man nicht mehr, was man denken soll, wenn man sich seine Hände ansieht: sie sind weiß und feingliedrig.
Jetzt, da wir ihn mustern, ist er jung und fröhlich. Er hat vielleicht nicht immer seinen Hunger gestillt, aber damit steht er nicht allein. Auch einem guten qualifizierten Arbeiter kann es passieren, daß er eine von zwei Mahlzeiten überspringen muß. Genau das hat er getan; manchmal mußte er auch beide hintereinander überspringen. Aber das hat ihn nicht umgebracht. Es gehört einiges dazu, um einen Mann seines Kalibers zu töten. Er ist zwar mager, aber Anstrengung und Fasten können ihm nichts anhaben. Bis zur äußersten Grenze von der Arbeit seines Magens befreit, bedient er sich beinahe immer seines Geistes: wer träumt, ißt – einer, der schläft, ebenfalls. Solche Diät führt sicher nicht zur Fettleibigkeit. Aber wenn er einen Bauch hätte, könnte er nicht wie ein Hase laufen. Er ist für die Flucht gebaut, eine Flucht vor allem und jedem. Somit ist die Suche nach einem besonderen Motiv, weshalb er in die Schweiz kommt, im Grunde unnötig: er ist ein Mann, der einfach weggeht. Er wird erst dort haltmachen, wo eine Flucht in die Tiefe möglich ist.

Nun glaubt er, diesen Ort im Tal von Ferret gefunden zu haben. Vielleicht nicht direkt auf diesem Vorsprung von Champex, der ein wenig zu sichtbar, ein wenig zu sonnenbestrahlt ist, aber nachdem er am Ufer des kleinen Sees gerastet hat, lenkt er seinen Schritt zu den benachbarten Höhen. Er steigt am Lauf der Drance hinauf. Und zuerst sagt ihm alles, daß er an seinem Ziel angelangt ist. Nachdem er sich bis zum Ende dieses Tages immer mehr davon überzeugt hat, daß er ein irdisches Paradies durchwandert, überrascht ihn die Nacht in einem Birkenwald bei Les Arlaches. Dort trifft er auf einen braven Mann, in dessen Begleitung er etwa hundert Meter weit ins Dorf hinein geht. Dieser bietet ihm Specksuppe und ein Nachtlager an. In seiner Begeisterung über den Sonnenuntergang, der sein irdisches Paradies mit den letzten Strahlen des Tages noch verschönert, ist ihm zuerst nicht aufgefallen, daß es eisig kalt geworden ist. Jetzt, wo ein Napf mit Specksuppe unter seiner Nase dampft und während er ein dickes Stück Roggenbrot hineinbrockt, ist er voll Dankbarkeit für diese Familie, in deren Schutz er sich begeben durfte. Der Nordwind klappert mit den Brettern des Holzhauses. Drinnen ist es warm, aber draußen scheint ein ganzes Pandämonium entfesselt; die Finsternis wiehert, und die Berge bellen mit allen ihren Echos.

Ein denkwürdiger Abend, eine denkwürdige Nacht. Es ist das erste und letzte Mal, daß der Deserteur einwilligt, bei jemandem zu Gast zu sein, und sich an einem Herd niederläßt. Man macht ihm mit alten Säcken ein Bett neben dem Ofen. Er liegt sehr gut und hat es warm, aber er kann nicht schlafen. Er lauscht den Windstößen, die draußen galoppieren. Er sollte froh sein, einen Unterschlupf gefunden zu haben: aber er fühlt sich nicht wohl in seiner Haut. Als der Wind sich entfernt, hört er das regelmäßige Atmen des Mannes, der Frau und des kleinen Jungen, der sich in seiner Wiege dreht und im Schlaf spricht. Er hat das unerfreuliche Gefühl, sich in einem Mechanismus zu befinden, der ihn für ein reibungsloses Funktionieren nicht benötigt, dem er als Fremdkörper unter normalen Umständen sogar zur Last fällt. Er ist hier überflüssig, und vielleicht hat er ja Frankreich verlassen, weil er dort schon dieselbe Empfindung hatte. So paradox es auch auf den ersten Blick erscheinen mag, er sagt sich, daß sein Platz draußen wäre, in Wind und Kälte. Den Elementen, selbst wenn sie entfesselt sind, ist es zu eigen, daß es scheint, als seien sie für den Menschen geschaffen (und das sind sie ja auch in der Tat), wer immer er sein mag: sie erschrecken ihn, lassen ihn erstarren (oder liebkosen ihn), aber gerade dieser Schrecken und diese Kälte existieren ja nur in bezug auf das menschliche Wesen, das ihnen unterworfen ist; es weiß, daß es nicht vergessen, daß es unabkömmlich ist. Alle Plätze im Universum sind eingenommen, hauptsächlich jene, die sich neben dem

Ofen befinden. Mitten im Nordwind sind noch Plätze frei.

Am nächsten Morgen ist das Wetter heimtückisch. Der Wind hat sich schwer gemacht, er fährt scharrend hinab bis in den Talgrund von Ferret: er krümmt die Birken, er wirbelt die milchigen Wasser der Drance zu Schaum. Er ist wie eine Rasierklinge, schabt Gesichter und Hände. Zwielicht herrscht, der Himmel hat sich ohne Wolken geschwärzt: das Blau bedeckte sich einfach mit einer stumpfen Rußschicht. Die Lärchen pfeifen, die Birken krachen, die Tannen murren.

In diesem melancholischen Jagdgetöse folgt der Deserteur seinem Weg im Tal von Ferret. Schnell ist ihm kalt, er hat Hunger und fühlt sich endlich wohl in seiner Haut, das heißt, zu Hause. Aber je weiter er die Drance entlang aufwärts steigt, desto mineralischer wird die Landschaft, die Elemente spielen ihre Rolle in einer Kulisse, die mit jedem Schritt feindseliger auf ein menschliches Wesen wirkt. Vor Prayon zögert der Deserteur: bedeutet diese Suche nach einem Ort, der zu ihm paßt, nicht schlicht und einfach eine Suche nach dem Tod, wenn er noch weiter in diese Richtung geht? So steht er vor dem Zirkus der Neuva; der Gletscher hängt über seinem Kopf. Er wird sich zu einem doppelten Kampf zwingen; gegen den Wind, der ihm an seine Knie tritt, und gleichzeitig gegen seinen Lebensinstinkt, der die höllische Versuchung der Gipfel aus seinem Geist vertreiben will. Er wird (wie er später zu Jules Dayen sagt) bis Ferret gehen. Dort aber wird er in der Vorhalle der Kapelle Schutz suchen, und er wird endlose Stunden deprimiert sein. Das Paradies ist entschwunden. Er wird die Nacht im Heu verbringen, mit leerem Magen und schrecklich wachem Geist.

Jetzt weiß er, weshalb die Anwärter auf die Plätze im Nordwind so rar sind. Er muß sich eingestehen, daß auch hier kein Ort ist, um sich niederzulassen. Er fürchtet weder Kälte noch Hunger, aber langsam lernt er, daß er der Verzweiflung nicht widerstehen kann. Die Leute hier halten sich nur mit Hilfe ihrer Familie und ihrer Tätigkeit am Leben.

Bei Tag kehrte er um. Wie ein Schlafwandler machte er sich wieder an den Abstieg ins Tal von Ferret: eine ungreifbare Welt umgab ihn. Wieder in Les Arlaches, machte er einen großen Umweg über die Wiesen, um das Haus zu meiden, in dem man ihn zwei Tage zuvor aufgenommen hatte. Weder Jules Dayen, noch Marie Asperlin aus Sion kann er erklären, weshalb er drei Tage später oberhalb von Salvan, in Le Trétien herauskam. Er hatte ganz einfach, von seinem Überlebensinstinkt getrieben, am Ausgang des Tals von Ferret seine alte Spur wieder aufgenommen, wie jemand, der sich im Weg geirrt hat. Automatisch kehrte er auf die Straße nach Frankreich zurück.

Er kann sich gerade noch daran erinnern, daß er vor Hunger und Müdigkeit halb tot war. In diesen drei Tagen scheint er nichts gegessen zu haben. Wie war das Wetter? Er weiß es nicht, für ihn gab es kein Wetter mehr. Er ging in die Kirche von Le Trétien. Er ist sich nicht einmal sicher, daß er bewußt in diese Kapelle gehen wollte. Sie ist kaum größer als ein Heuschober und sieht auch so aus; wahrscheinlich ging er hinein, weil dieses Gebäude Ähnlichkeit mit jenen hatte, in denen er gewöhnlich Heu vorfand, er wollte sich niederlegen und zweifellos sterben. Es fand sich, daß dieses Gebäude eine Kirche war.

Es war etwa drei Uhr am Nachmittag. Der Weihrauch besänftigte ihn. Er erinnert sich noch gut an den Weihrauchduft. Es ist seine erste Wahrnehmung der Welt seit dem Eisgeruch von Ferret.

Damals hatte der Pfarrer von Salvan auch die Kirche von Le Trétien zu betreuen. Zweimal in der Woche kam er herauf. Heute war sein Tag, oder genauer, dieser neigte sich dem Ende zu: er wollte gerade nach Salvan zurückkehren. Bevor er aufbrach, machte er noch einen kleinen Rundgang durch die Kirche und fand den erschöpften Mann. Gewohnt mit rüden Männern umzugehen, erkannte der Gebirgspfarrer sofort, daß dieser hier wirklich am Ende seiner Kräfte war; er hatte die Kontrolle über seine Muskeln wie auch über seine seelischen Abwehrkräfte verloren. Das gehörte in sein Ressort.

Und er bewährte sich aufs beste. Der Deserteur hatte zwar einen leeren Magen, aber er ließ sich lange bitten, bis er ein Stück Brot annahm; dafür lauschte er um so begieriger, was der alte Priester (ein wenig verängstigt von der Gegenwart dieses völlig entkräfteten Tunichtguts) ihm zu sagen versuchte. Er lauschte nicht nur, er verstand auch. Er verstand nicht nur, sondern überschritt sogar die Grenze des Verstehens: verstand auch, was der Priester nicht sagte, niemals gesagt hätte, ja, was er aus Angst verschwieg. Jedes Wort bekam zwei Bedeutungen: eine, mit der sich alle Welt verständigt, und die andere, welche zu jenem Vokabular gehörte, das allein der Deserteur benutzte, um sich am Leben zu halten.

Wir kommen der Lösung eines kleineren Problems nahe. Bis jetzt hat man sich vielleicht gefragt, ob der Deserteur etwas wie eine Tasche besitzt: einen Brotbeutel oder ein Bündel, irgendein Gepäckstück. Wanderte er durch das Wallis mit dem Stock in der einen Hand, die andere in der Hosentasche, oder hatte er die gewöhnliche Ausstattung eines Mannes auf der Walz? Er hatte ein Bündel, ein paar Sachen in einem an allen vier Enden zusammengeknoteten Taschentuch, denn in Le Trétien findet man das erste Bild des Deserteurs. Sein Malzeug trug er also bei sich: Pinsel und Farben (seit wir ihn aus den Wäldern am Paß von Morgins hervortreten sahen, konnte er sie sich nicht beschafft haben). Seine Umrisse beginnen sich abzuzeichnen.

Dieses Bild ist die Darstellung des heiligen Moritz. Es ist nicht der *Märtyrer Sankt Mauritius von Acaunum*, den er später in Nendaz malen wird. Es ist nur ein kleines Papier im Schulheftformat. Der heilige Moritz hat das Gesicht eines gewöhnlichen Wallisers (um 1850): üppiger Bart, dichter Schnauzer, kleine, lachende Augen, eindrucksvolle Breite. Er ist nicht zu Roß (der, den er später malen wird, ist nämlich beritten). Das klassische Porträt eines guten Bauern.

Man kann sich sehr gut das Wie und Weshalb von einem solchen heiligen Moritz vorstellen. Der Deserteur hat sich geweigert, mit dem Priester ins Pfarrhaus zu gehen. Er hat dem Gottesmann zu verstehen gegeben, daß er die Gastfreundschaft in einem menschlichen Heim weder annehmen kann noch darf, daß es hier um sein Leben geht und selbst die ärmliche Ausstattung eines kleinen Pfarrhauses, das zweimal in der Woche von einem reisenden Priester bewohnt wird, eine tödliche Gefahr für ihn darstellt. Seit seiner Flucht aus dem Tal von Ferret hat ihn gerade die unpersönliche Atmosphäre des Gotteshauses zum ersten Mal wieder aufgeheitert, der Duft des Weihrauchs. Alles, was er will, ist eine Scheune, ein Schober, ein Heuhaufen, wo sich die unpersönliche Atmosphäre der Kapelle und der milde Duft der Kräuter der Erde wiederfinden. Und der Priester (der zu zwei Dritteln Bauer ist) hat verstanden. Er kann ihm nämlich im Handumdrehen verschaffen, was er will: Er muß nur fünf oder sechs Schritte aus der Kirche gehen, um in der Tat einen Schober zu finden, der bestens geeignet ist, dazu noch Heu mit köstlichem Duft. Der Priester weiß sehr wohl, daß das Heu ein guter Gefährte für die Nacht ist, dem Deserteur wird es an nichts fehlen, was das angeht; aber wie steht es mit der Seele? Auch hier sind die Dinge in bester Ordnung, wie er wenige Tage später bei seiner Rückkehr nach Le Trétien feststellen wird. Er hat die Kapelle nicht verschlossen und dem Mann zugeraten, er solle dort tagsüber Schutz suchen. Er hoffte auf Gottes Gnade. Mit Recht, denn sie hatte gewirkt: der Mann hatte einen heiligen Moritz gezeichnet und ausgemalt.

Hier begegnen wir zum ersten Mal der Kunst des Deserteurs, sie wird sich weiterentwickeln, sobald er eine »Wohnung« gefunden hat, aber im Augenblick ist sie für ihn eine Frage des Überlebens. Im Grunde wird sie das weiterhin für ihn bleiben; aber sie wird diesem umherirrenden Menschen auch behilflich sein, mit den Mächten auf der Rückseite des Himmels zurechtzukommen. Er hat jetzt ein Stück Selbstsicherheit gewonnen; in Zukunft wird er nicht mehr in die Vergangenheit fliehen, sondern, und das in jeder Hinsicht, nach vorn.

In Le Trétien blieb er etwa eine Woche lang. Er erholte sich vor allem seelisch, körperlich war er nicht sehr angeschlagen. Ein Koloß wie er würde nicht die Waffen strecken, nur weil er ein wenig länger als gewöhnlich gefastet hatte. Mit seiner Seele verhielt es sich freilich anders: denn sie wird im Elend am meisten beansprucht. Doch nach sieben oder acht Ruhetagen in einer Kirche, die den Wind abhielt und vom

Herbst nur einen sanften Schatten sehen ließ, hatte auch die Seele für das Kommende neue Kräfte gesammelt. Allerdings muß er dem Gebirge den Rücken kehren. Besser, er läßt Felsnadeln und Zähne hinter sich, den Grand Colombin und die Berge, weiß, blau, rosa in der Tiefe des Horizonts. Keinen Schritt weiter. Der Priester spricht von den Terrassen über der Rhône bei Saxon und Sion. Dorthin muß er gehen.

Um in das gelobte Land zu kommen, muß man zunächst (wenn man die Berge meiden will) ins Tal hinabgehen, bis zum Waldsaum von Martigny. Der Deserteur gesteht dem Priester, daß er ein Deserteur ist, das heißt, er hat keine Papiere. Noch mehr als heute ist die Zeit um 1850 eine Epoche der »Ausweispapiere«; wer weit reisen will, muß sich mit ihnen wappnen: Man braucht sie in allen Farben und Ausführungen, sie müssen mit Stempeln aller Art versehen sein, und jeder weiß, daß solche Papiere beinahe nie von einem Bourgeois verlangt werden, daß man aber nur ein zerschlissenes Wams, eine geflickte Hose haben muß, eine schlecht rasierte Wange oder einen ungepflegten Bart (was hier der Fall ist), um von allen Seiten schikaniert zu werden. Wenn man überhaupt keine Papiere hat, landet man im Gefängnis. Nach Martigny zu gehen bedeutet, daß man leicht hinter Gitter kommen kann.

Der Pfarrer von Salvan war ein braver Mann. Daß dieses verirrte Schaf keinerlei Papiere hatte, war für sein gutes Herz nur eine um so größere Empfehlung. »Ich werde mit Ihnen gehen«, sagte er. »Hier in der Gegend kennt mich jeder. Wenn man sieht, wie ich mit Ihnen durchs Land wandere, dann wird man denken, daß ich ein ausreichender Ersatz für einen Paß bin, man wird Sie nicht belästigen.«

Und so gingen die beiden von Le Trétien nach Salvan, dann nach Vernayaz, nach Martigny-Ville, Martigny-Bourg, wo der Pfarrer seinem Mann den Weg zum Paß von Lin wies. »Dort finden Sie eine Art Vorsprung, an den müssen Sie sich halten«, hatte er gesagt. »Gehen Sie über den Paß, und folgen Sie dem Weg, Sie werden mit jedem Schritt ihrem Heil näher kommen. Suchen Sie nur in sich und nirgendwo sonst, aber ich kann mir meine Predigt sparen, Sie wissen es selbst.« Er schickte ihn vorweg und kehrte dann in seine Pfarre zurück.

Er hatte vom Heil gesprochen, aber nichts von den Gendarmen gesagt. Das Heil ist leichter zu gewinnen als man glaubt: Gott ist Geduld; der Gendarm aber »sucht selbst auf einem Statuenkopf noch nach Flöhen«.

Der Herbst ließ die Waffen schweigen. Der Windstoß, welcher den Himmel über dem Tal von Ferret aufgewirbelt hatte, war besänftigt. Der Morgen war so ruhig, daß man das Flattern einiger Vögel hören konnte. Der Deserteur stieg durch den Lärchenwald bergan. Das Unterholz war mit feinem Gras ausgepolstert, das sein feuriges Silber bewahrt hatte. Es war kalt, aber die Sonne schickte kleine Bündel von brennenden Zungen. Im Herzen des Flüchtlings begannen sich die Dinge zu ordnen.

Er erreichte den Paß von Lin zur selben Zeit wie ein Gendarm, der, von Saxon kommend, auf den Pfad einbog. Das Zusammentreffen endete noch einmal glimpflich. Die beiden Männer legten sogar eine Meile gemeinsam zurück. Der Vertreter des Gesetzes ging nach Villard. Geistesgegenwärtig hatte der Deserteur den Pfarrer von Salvan als seinen Paten erwähnt, und man verhört nicht jemanden, mit dem man ein Stück Weges geht. Aber als der Zweispitz nach rechts ging, um zu den schiefergedeckten Hütten hinabzusteigen, mußte sich der Deserteur auf der anderen Seite der Böschung hinsetzen, weil ihm die Knie zitterten.

Gott ist leicht zufriedenzustellen, aber die Menschen! Niemals würde die Meute von ihm ablassen! Ein flüchtiges Zusammentreffen wie dieses hier genügte vollauf, um ihn lebendigen Leibes in die Hölle zu stoßen, eine wahre Hölle: die der Gesetze. Er mußte so schnell wie möglich ein Dorf finden, wo er sich verstecken, wo er verschwinden konnte.

Von da an hinterläßt er die Spur eines verängstigten Fuchses. Er verbringt die Nacht in einer Scheune von Isérables. Er weiß nicht, daß er trotz seines weiten Umwegs direkt unter Villard herausgekommen ist, wo der Gendarm wahrscheinlich schläft. Am nächsten Morgen geht er den Waldsaum von Nendaz entlang, aber er setzt seinen Weg fort, zuerst nach Lavanthier, dann weiter nach Thyon, in Mache sucht er sich ein Nachtquartier. Am nächsten Morgen sieht er Hérémence unter sich liegen und da packt ihn die Versuchung, ins Dorf hinabzusteigen. Es ist Sonntag. Er hört das Lied der Glocken. Aber die Kirche wird voll sein, denkt er sich. Da muß nur ein schlechtgelaunter Bourgeois ... Er geht bis Les Agettes. Von dort sieht er den Talgrund und den Rauch von Sion, solche zivilisierten Orte sind ihm nicht geheuer, er biegt nach links ab. Diese Nacht verbringt er auf der Alm von Sion. Am nächsten Morgen beschnuppert er ein wenig die Umgebung von Basse-Nendaz, versteckt sich, obwohl es ein heller, klarer Tag ist. Er traut sich keinen Schritt weiter. Hinter jeder Wegbiegung vermutet er einen Uniformierten, dem er gleich Auge in Auge gegenüberstehen wird. Seine letzte Begegnung an der Gabelung des Weges nach Saxon lähmt ihn noch. Gegen Abend wagt er sich aus dem Versteck. Er steigt im Schutz der Hecken die Wiesen hinauf. An diesem Tag hat sich der erste Schnee eingestellt. Noch fällt er nicht schwer, im Augenblick flirrt er als Staub in einen außergewöhnlich ruhigen Abend. Kein Windhauch ist zu spüren; in dieser Stille hört man sogar das Geräusch, mit dem dieses unwirkliche Mehl zu Boden fällt.

Einmal kommt der Augenblick, da muß der Verborgene sich zeigen, will der Fliehende sich der Gefahr stellen, beginnt der Verstummte plötzlich zu sprechen, geht der Verängstigte zum Angriff über. Für den Deserteur war dieser Augenblick jetzt gekommen. Ist es seine kopflose Flucht, die Angst, die ihn, seit er dem Gendarmen begegnete, im Kreis jagte? Ist es der erste Schnee? Nein, denn er hat keine Angst vor Kälte und Finsternis, aber vielleicht hat ihn die große Stille, die mit dem Schnee kommt, zu einem Entschluß getrieben. Er hört das Knirschen seiner Schritte, weißer Staub klebt an seinen Kleidern und zeichnet seine Konturen nach. Plötzlich beschließt er, daß das Fliehen ein Ende hat. Er nähert sich entschlossen den erleuchteten Fenstern von Haute-Nendaz.

Warum hier? Ein Zufall, oder hat er sich diesen Ort ausgesucht? Er ist nicht ganz in Haute-Nendaz, sondern in Praz-Savioz, und er wird sich wie selbstverständlich an den Ortsvorsteher wenden. Wenn das Zufall ist, dann hat dieser die Dinge gut eingerichtet. Aber es ist auch nicht völlig unsinnig, sich vorzustellen, wie der Deserteur hinter einer Sennhütte hervorschaut, wie er horcht, sich ein Bild von den Menschen machen will, zu denen er jetzt gehen muß. Für ihn ist es eine Sache auf Leben und Tod: Wenn sie sich fürchten und ihn bei der Gendarmerie melden, ist alles verloren! Wenn sie Geizhälse sind, Leute mit vertrockneten Herzen, Egoisten, dann wird er in die Finsternis zurückgestoßen.

Jean-Barthélemy Fragnière, der Vorsteher der Ge-

meinde von Nendaz, war ein friedlicher Genießer. Seine Lust war schlicht und bestand hauptsächlich aus fetten Suppen, aber alle friedlich im Kreis der Familie genossen. Was immer er vom einen Ende des Jahres zum anderen begehrte, Speck (aller Sorten) befriedigte seine Wollust, unter der Bedingung, daß damit der Trott der täglichen Arbeiten zu festen Zeiten unterbrochen wurde. Dieser große, kräftige Fremde, der jetzt in der herbstlichen Dämmerung und noch dazu beim ersten Schnee aus den Wäldern gekommen war, stellte ihn vor ein schwieriges Problem. Der Fremde erschreckte ihn nicht, und schon gar nicht dachte er an die Gendarmen. Er sah sofort, daß man diesem Mann zuerst einmal etwas zu essen geben mußte, denn er war offensichtlich ausgehungert. Vor allem war ihm klar, daß er nie wieder etwas in Frieden genießen würde, solange dieser Mann unglücklich war.
Sein erster Gedanke war, den Fremden in sein Haus zu bringen. Doch der lehnte ab, sagte, er sei viel besser im Heu der Scheune untergebracht. Fragnière holte Brot, Speck, Wein, Hartkäse und einen alten Soldatenmantel, der sonst manchmal als Decke für das Maultier diente. Für den Flüchtling war es das reinste Festessen. Und ein Fest für die Seele war die Nähe der listigen, netten Äuglein des Ortsvorstehers, seine gute Stimme, seine bäuerlichen Gesten ohne Schnörkel, er hatte die Ruhe eines Baumes. Der Pfarrer von Salvan war ein Helfer in der Not gewe-

sen, aber doch gewissermaßen ungesäuertes Brot; dieser Ortsvorsteher war ganz einfach richtiges Brot.

Wie lange schon sehnte sich der Deserteur nach Zuwendung? Die Einsamkeit war zu groß, zu viele vereiste Berge, unsichere Wege, er mußte endlich jemandem sein Herz öffnen. Der Deserteur sagt, daß er Charles-Frédéric Brun heißt. Ein Mensch flößt ihm Vertrauen ein, und er sagt ihm seinen Namen, das ist gut. Ein Name ist der Beweis, daß man existiert. Charles-Frédéric Brun, Franzose. Er will die Sache gleich auf den Punkt bringen (und seine Hauptsorge seit Le Trétien besänftigen): ein Franzose, der Angst vor den Gendarmen hat. Warum? Er nennt den wirklichen Grund: Er hat keine Papiere. Aber der Ortsvorsteher kann sich kaum vorstellen, daß man die Gendarmen fürchtet, nur, weil man keine Papiere hat. Von Kindesbeinen an spaziert er ohne einen Zettel in der Tasche von der Höhe herab und wieder hinauf, von Sion nach Nendaz und hat deshalb doch keine Angst vor den Gendarmen. Der Ortsvorsteher ist nicht reich, aber er kann sich das Elend des Deserteurs nicht vorstellen und daß man in solchem Elend auf den Kredit des Mitleids nicht mehr zählen kann. Alle Legenden über den Deserteur haben hier und in dieser Angst vor den Gendarmen ihren Ursprung. Er hat Angst vor den Gendarmen, also ... sagt sich der Ortsvorsteher und werden sich die anderen sagen, mit denen er später zu tun hat. Also hat er seine Frau getötet (die ihn betrog), seinen Hauptmann (der ihn schikanierte), diesen (der auf ihn einschlug) oder jenen (der ihn bedrohte). Einige werden ihn für einen politischen Verschwörer halten, ohne zu bedenken, daß Verschwörer niemals im Elend leben und auch nie in die Berge fliehen, ohne zumindest eine Rolle *Louis d'Or* mitzunehmen.

Was immer Fragnière an diesem Abend bei sich denken mag (und vielleicht überlegt er sich so kurz danach noch nicht viel), eines sagt er sich auf jeden Fall: »Vielleicht hat der Mann etwas auf dem Kerbholz, aber er ist nicht schlecht, ein schlechter Mensch stirbt nicht an Hunger. Bevor er verhungert, spielt ein schlechter Mensch den wilden Mann. Auf jeden Fall kann ich diesen komischen Vogel seinem traurigen Schicksal nicht überlassen. Für mich ist das genauso wichtig wie für ihn.«

Es ist nicht schwer, sich in seiner Wollust auf Speck zu beschränken, wenn es so ist, wird der Speck ebenso wertvoll wie eine Rose von Schiras.

Wie auch immer, heute abend gibt es zu essen und ein Bett. Die Kälte ist in den Schober noch nicht eingedrungen, das Heu hat seine milde Wärme bewahrt. Man hört, wie der Schnee, jetzt ein wenig schwerer als zuvor, über die Wände aus Holz scharrt. Auch der gestillte Hunger trägt seinen Teil zur Ruhe bei. Der Gemeindevorsteher ist da und sitzt bei ihm im Heu. Charles-Frédéric Brun erzählt eine lange Geschichte. Straßen, Nacht, Wald, Irrwege, Berge kommen darin vor, der Zweispitz, Stiefel, Gefängnis, Städtchen und Dörfer. Alles Stoff für die künftige Legende.

»Bleiben Sie doch hier«, hat Jean-Barthélemy Fragnière zu ihm gesagt. Er hätte zu essen und einen Platz zum Schlafen. Aber das ist leichter gesagt als getan. Wenn er bleiben will, muß er unzählige Beziehungen knüpfen. Da ist natürlich zuerst die Beziehung des Menschen zum Schnee, der am nächsten Morgen schon dichter fällt und den Boden bedeckt. Aber mit solchen Dingen weiß der Deserteur (wir können ihn jetzt Charles-Frédéric Brun nennen) ganz gut umzugehen. Er muß auch Beziehungen zu den Dörflern herstellen, zwar ist der Deserteur von bestem Willen erfüllt, doch mit ihnen fällt der Umgang schwerer.

Am ersten Tag mußte er sich an seine neue Umgebung gewöhnen. »Weil jeder Mensch einen Platz für sich braucht« und der Deserteur nicht mehr weiterziehen wollte. Der Schnee fiel immer noch friedlich, als hätte auch er einen Entschluß gefaßt, und zwar für alle Ewigkeit. Der Deserteur mußte sich diese Leute ansehen, zu denen er wie vom Mond herabgefallen war. Und er bekam sie zu sehen. Beim ersten Schnee, der den Winter ankündigt, rennen die Dörfler hin und her. Unzählige Dinge sind zu überprüfen und wenn es nur zum Spaß wäre, es tut gut, sich zu bewegen. Er sah also, wie sie die Hecken entlangstreiften (die noch nicht unter dem alles bedeckenden Weiß verschwunden waren, doch sie beluden sich langsam). Andere waren dabei, Holz zu spalten. Wieder andere, einfach die Hände in den Taschen ... sahen aus, als wären sie auf Befehl erstarrt, wie Arbeiter, die nicht arbeiten. Andere schleppten Heu in großen Tüchern.

Wie sollte er mit diesen Leuten zusammenkommen? Aber zuerst mußte er für den liebenswerten Ortsvorsteher eine kleine Zeichnung anfertigen. Das ist keine große Sache. Er zeichnet einen kleinen Küster, setzt ihm einen Dreispitz mit drei Federn auf, einer grünen, einer roten, einer blauen. Er gibt ihm einen Chorrock, der mit Verzierungen übersät ist. Er überlegt ein wenig und verwandelt dann seinen Küster, er macht aus ihm einen Pilger mit Stab, dem langen, mit Bändern geschmückten Stock, mit Feldflasche und Gebetbuch. Der Pilger bekommt einen blauen Bart, nicht weil das ein Symbol ist, sondern weil er gelernt hat, daß man weiße Bärte blau macht, und er will, daß man seinen pilgernden Küster auf der Straße respektiert (so wie er gern respektiert wäre).

So weit ist er gekommen, als Fragnière Käse und Brot bringt. Der reagiert sofort wie ein Huhn, das eben ein Entenküken ausgebrütet hat. Fragnière ist leicht zu begeistern, wie alle friedlichen Genießer und guten Menschen (das eine geht mit dem anderen einher). Diese Farben entzücken ihn, der kleine Küster gefällt ihm sehr. Und die Wahl der Farben – dieses

Grün, dieses Violett, dieses Gold – verrät eine besondere Gabe, dafür hat er ein Gespür.
Brun ist dabei, ein Aquarell zu malen (»*peinturer*«, sagt er). Die Bezeichnung Aquarell ist hier nicht ganz exakt, denn er nimmt kein Wasser, um seine Farben aufzulösen, er hat an diesem Tag auch keine Palette, um seine Farben auszuprobieren, er behilft sich mit seiner Spucke und seiner Hand. Er leckt seinen Pinsel, geht damit über die Farbtabletten, probiert die Farben auf der Innenfläche seiner linken Hand, mischt sie dort, wenn nötig, durch, bevor er sie auf das Papier aufträgt.
Diese Vorgänge sind nicht unwichtig; denn sie haben ihm das Zutrauen von Fragnière eingebracht. Er hat verstanden: Das hier ist eine Arbeit mit den Händen wie alle anderen auch, genau wie die Arbeit, die er all die Jahre verrichtet hat; dieser Mann »ohne Papiere« ist einer, der »arbeitet«. Auch diese Hürde wäre genommen. Der Deserteur ist ein Mann im besten Alter zwischen sechsunddreißig und vierzig Jahren; niemals wäre der Ortsvorsteher bereit gewesen, einen Müßiggänger durchzufüttern. Schon am Vorabend hatte er sich instinktiv gesagt, daß dieser Mann, den er eben bewirtet hatte, im Dorf mit Hand anlegen würde. Nun, jetzt weiß er, auf welche Weise er das tun wird.
Es ist ihm übrigens nicht unrecht, daß er jetzt weiß, was er zu dieser Gemeinde, der er vorsteht, sagen wird, und auch in seinem Haus, dem er nicht vor-

steht, was sich so gehört, weil es eine Madame Fragnière gibt. Er kann nicht einen Mann (vor allem von solchem Format: ein ganzer Kerl und keine Papiere) in seinem Heuschober unterbringen, ohne daß die anderen es bemerken. Alle werden es wissen, und wie soll er es anstellen, daß sie einverstanden sind? Madame Fragnière, Marie-Jeanne Bournissay mit Mädchennamen, steht ihrem Haushalt und ihrem Vorsteher vor. Man kann nicht einfach ein Stück Brot und einen Viertel Käse aus ihrem Schrank nehmen, ohne ihr Bescheid zu sagen. Jean-Barthélémy war schon darauf gefaßt, daß er ihr ein Märchen erzählen mußte, aber einfach war das nicht, und er hatte sich den Kopf zerbrochen, ohne auf einen vernünftigen Einfall zu kommen. Es ist keine Leichtigkeit, einer Hausfrau beizubringen, daß man einen Fremden »ohne Papiere« in der Scheune untergebracht hat und obendrein noch durchfüttern will. Jetzt aber kann er ihr reinen Wein einschenken, klarer Fall, er muß ihr nur diese »Malerei« zeigen, orthodox wie sie ist, mit dem Pilger, dem Kreuz, der Kapelle, den wunderschönen Rosenschleifen. Und vielleicht kann man sogar noch weiter gehen, wer weiß? Jean Barthélémy fragt Charles-Frédéric aus. Könnte er nicht ein Porträt von seiner Gebieterin, geborenen Marie-Jeanne Bournissay, machen? Also dann hätte er sicher das Gröbste geschafft!
Kein Problem, aber bei Marie-Jeanne ist es nicht damit getan, daß man einmal in die Hand spuckt. Ein

richtiges Porträt soll es werden, ein einwandfreies Meisterstück, wie es ein Handwerksbursche vorzuweisen hat. Dazu braucht er Ölfarben, vier oder fünf Pinsel, außerdem ein Stück Holz, auf das er malt. Ein Unternehmen, das diesen Winter 1850 ganz Haute-Nendaz in Atem halten wird (oder von 51 oder 52, man weiß nämlich nicht, in welchem Jahr sich das zuträgt, weil nicht sicher ist, ob dieses Porträt gleich gemacht wurde, als der Deserteur sich hier niederließ; aber wie dem auch sei, die Motive, Überlegungen und Umstände waren wohl so, wie sie hier angegeben werden).

Immer noch Schnee, der Winter ist gekommen, und folglich hat man Zeit, sich um dieses Porträt zu kümmern. Und was ist zu tun, damit etwas daraus wird? Für Ölfarbe und Pinsel hätten wir Mayoraz Sohn und Micheloud Vater, ohnehin haben beide (jeder in eigener Angelegenheit) etwas in Sion zu erledigen; man muß ihnen nur den Auftrag geben, alles zu besorgen: Farbe gibt es beim Drogisten. Ja, vermutlich muß Mayoraz Sohn sogar bis nach Lausanne reisen, nicht der Farbe wegen, sondern weil sich seine Angelegenheit vielleicht nicht in Sion regeln läßt. Wenn das der Fall wäre, dann hätte er in Lausanne natürlich eine viel größere Auswahl an Farben. Am besten, jeder der beiden bekommt einen Zettel mit den Namen von diesen verflixten Farben, und dann muß man sehen. Außerdem wird Micheloud Vater schon heute abend wieder heraufkommen, wenn ihm der Schnee nicht einen Strich durch die Rechnung macht, auf jeden Fall aber spätestens morgen früh. Was das Holz angeht, so muß man nur diesen Brotkasten auseinandernehmen, dann hat man ein glattes Stück bester Eiche, das wird es schon tun. Es ist, als hätte man das Porträt schon vor Augen.

Micheloud Vater hat die Farben mitgebracht. Und schon staunt er, staunt auch Fragnière und mit ihm die vier oder fünf Leute von Haute-Nendaz, die sich auf der Schwelle der Scheune des Vorstehers eingefunden haben, um zu sehen, was dieser Spaßvogel jetzt macht. Diese Farbe ist nämlich nur ein Tütchen mit Pulver, und man muß sie mit Leinöl mischen, ein Gepansche für sich, und es ist ungeheuer interessant, dabei zuzusehen; da muß einer schon ein Teufelskerl sein, wenn aus diesem Gewerkel etwas werden soll. Man stellt fest, daß das Zeug abgemessen ist und dieser komische Kauz, der nachts aus den Wäldern kam, sein Geschäft versteht. Es ist eben ein Handwerk wie alle anderen auch, etwa einen Schuh anfertigen, melken, einen Käse machen, einen Acker pflügen, ein Brett hobeln, einen Nagel einschlagen etc. ... Das, was Männer tun. Er ist also ein Mann.

Schließlich kann man nie wissen, was da nachts aus dem Wald kommt. Es gibt Landstreicher, wilde Tiere mit menschlichem Gesicht, all den Abschaum, der durch die großen Straßen hier angeschwemmt wird; man muß auf der Hut sein, und vor allem darf so einer nicht in der Nähe der Häuser bleiben, immerhin wohnen dort Frauen, Mädchen, Kinder. Ein Mann, der sein Handwerk kennt und es auch ausübt, ist natürlich etwas anderes. Und hier haben wir es mit einem schönen Handwerk zu tun. Denn jetzt sind auf dem Brett, wo Charles-Frédéric Brun seine Farben zubereitet hat, hübsche kleine Flecken von himmelblauer Paste zu sehen, außerdem Inkarnat- und Purpurrot, Zinkweiß und Gelb wie von Gold und Grün wie Eidechsenfarbe, und mit all dem wird er Marie-Jeanne malen! Zu gern würde man sehen, wie er das macht. Natürlich versteht man, daß das nicht möglich ist. Man weiß, daß solche Sachen nicht in aller Öffentlichkeit gemacht werden. Etwas wie der Dreh bei der Messe, so ungefähr. Vielleicht geht man jetzt auch etwas zu weit, es ist eben wie mit allen Dingen, für die man auf die Schule gehen muß: Die Hände sollen dem Kopf gehorchen, und der Kopf horcht an fest verrammelten Türen; es dringt kaum ein Gespräch zu ihm durch, und er muß dieses Raunen interpretieren, das man hört, und ein Kommando für die Hand herauslesen. Also, eine komplizierte Geschichte! Das kann nicht jeder, der einem über den Weg läuft.

Wenn man es recht überlegt: Dieser Kauz hat seine Farben mit einer erstaunlichen Geschicklichkeit zubereitet und überdies in aller Ruhe ein Porträt von Marie-Jeanne versprochen (das noch ganz andere Fähigkeiten erfordert); das muß einer doch erst einmal lernen, und dann hat er nicht noch die Zeit, um

Grausamkeiten zu begehen, Räubereien, Diebstahl oder böse Taten ganz allgemein, so sagt man sich, um sich selbst zu überzeugen, daß es eigentlich gar nicht so dumm war, diesen Mann, der aus den Wäldern kam (und über den man nichts weiß), in der Scheune von Fragnière unterzubringen. Und spätestens beim Anrühren von Farben, die als Kleckse so schön anzuschauen sind, müssen ihm die bösen Gedanken doch vergangen sein. Überdies braucht man, um Böses zu tun, ebenfalls Fähigkeiten, die man sich nur durch Übung aneignen kann, und das kostet Zeit. Wenn er sie (seine Zeit) also damit verbracht hat zu lernen, wie man Farben zubereitet und ein Porträt von Marie-Jeanne macht, dann blieb ihm keine, um zu lernen, wie man Böses tut. So wird es gedreht und gewendet noch und noch; es ist die Periode des Abwartens, der Annäherung, man verhält sich wie ein Huhn, das ein Messer gefunden hat.

Für den Deserteur dagegen, oder genauer für Charles-Frédéric Brun (denn während er denkt, er habe seinen Eigennamen wiedergefunden, geben ihm die Leute von Nendaz paradoxerweise jenen Beinamen, mit dem er uns überliefert wird), scheinen die Dinge in Ordnung zu kommen. Das verhängnisvolle Gefühl, für die mineralische Welt bestimmt zu sein, ist verflogen, er gehört wieder (oder vielleicht auch zum ersten Mal) zu einer Gemeinde »aus Fleisch und Blut«. Diese rauhen Walliser sind weit davon entfernt, zu ahnen, welche Liebeserklärungen der

Fremde in seinen Eingeweiden für sie bereithält. Denn seine Liebe zu diesen bärtigen Männern, rotgesichtigen Frauen, fülligen Mädchen, schroffen Jungen ist kein Lippenbekenntnis: Er liebt sie mit Leber und Milz, aus ganzem Magen und ganzer Kehle, weil er sich ihrer biologischen Kategorie zugehörig fühlt. Er ist nicht böse, die Zukunft wird es zeigen, aber selbst wenn er böse wäre, so würde er sich viel zu sehr mit dieser bäuerlichen Gesellschaft identifizieren, um ihnen etwas zuzufügen. Nein, er fließt über vor Zierat und Girlanden, die er gern am Gipfel dieser erbärmlichen Holzhäuser aufhängen würde: am liebsten würde er alles mit rosa Schleifchen versehen, diesen fahlen Schnee erblühen lassen und den Südostwind erwärmen, jenes naive Paradies an alle Welt weitergeben, das sich jetzt in ihm auf wunderbare Weise breit macht. Sie wissen nicht, welche finsteren Nächte er durchwandert hat, auf seinem weiten Weg quer durch Frankreich und die Fremde, bevor sich der Himmel über ihm aufklärte.

Allerdings ist der aufgeklärte Himmel, dieser Winterhimmel, der über dem Wallis lastet, sehr finster und hängt sehr tief. Schon lange sind der Dent de Nendaz und der Mont Rouge in den Wolken verschwunden. Grauer Nebel bedeckt die Alp von Thyon und die Almen von Sion.

Wie gut, in diesen finsteren Zeiten solche Farben bei sich zu haben, angerührt auf einem Brett! Wie angenehm, sich an diesem Blau, diesem Rot und diesem

Gelb aufzurichten und mit ihnen in der Phantasie schon zu arbeiten! Natürlich sollte er nicht allzusehr vom Gesicht der Marie-Jeanne Fragnière, geborenen Bournissay, »abschweifen«, nein, er muß es möglichst genau wiedergeben; einmal, um diesem netten und gastfreundlichen Ortsvorsteher eine Freude zu machen, der den ersten Platz im Herzen des Deserteurs eingenommen hat, außerdem, weil ganz Haute-Nendaz erwartet, daß man sie auf dem Bild erkennt. Ein Publikum, dem man kein X für ein U vormachen kann. Wenn er unter sein Bildnis schreibt: Marie-Jeanne Bournissay, Gattin des Légier Fragnière, dann muß man sie auch erkennen. Im übrigen ist Marie-Jeanne hübsch, also frisch, sie hat schöne Augen, wie man so sagt. Ganz im Unterschied zu dem, was bei den schönen Damen aus der Stadt angebracht ist, muß man das Inkarnat ihrer Wangen mildern: In Wirklichkeit sind sie von Natur aus sehr rot, seit sechsunddreißig Jahren von der metallischen Alpenluft massiert. Aber wenn man es ein wenig abmildert, ist dieses Inkarnat zauberhaft. Er wird ihr die Frisur geben, die sie am Sonntag trägt. Und als sollte sie von nun an in einem ewigen Sonntag leben, bekommt sie Skapuliere in die rechte und einen Rosenkranz in die linke Hand, es soll auch sichtbar sein, daß es sich hierbei nicht um ein Werk des Teufels handelt, Malerei hin oder her. Und jetzt sieht man sie, umgeben von Zwischenfassaden und Vorhängen, auf einem Blumenteppich, hier eine Rose, dort ein Immergrün oder eine Kapuzinerkresse, »Erfindungen«, in denen, nur so zur Freude, die allerschönsten Farben der Iris spielen. Selbstverständlich wurde das alles »aus dem Stegreif« gemacht. Sie mußte nicht Modell sitzen. Das kann man auch von einer Marie-Jeanne Fragnière, geborenen Bournissay, nicht verlangen, die in den vierundzwanzig armseligen Stunden, welche Gott ihr jeden Tag gibt, sicherlich Besseres zu tun hat. Wieso auch, er mußte sie nur einmal gut anschauen, um ihre Züge wiederzugeben. Rechts und links von ihrem Gesicht sind Monogramme gezeichnet: das von Christus und das von Maria. Und hier müssen wir eine Parenthese öffnen.

Es sind die klassischen Monogramme. Man findet sie in dieser Form auf allen Exvotos der Christenheit; bis nach Almeria in Spanien, bis nach Locorotondo in Italien. Während das Monogramm des Christus nicht selten ist, findet man das der Maria, wie es hier in verschlungenen Lettern auf dem Bild steht, nicht allzu oft, aber wenn man es einmal antrifft, dann gleicht es exakt dem, welches der Deserteur eben gezeichnet hat; namentlich in Almeria und auch in Notre-Dame-de-Laghet bei Nizza. Wir haben es hier mit einer Tradition zu tun, und zwar einer Tradition, die der Deserteur kennt. In Notre-Dame-de Laghet findet man beispielsweise dieses Monogramm auf einem Votivbild, das Colin Blanche der Jungfrau für die Rettung seiner Tartane gewidmet hat, *Die beiden Schwestern* von Toulon. Dieses Bild zeigt das

Boot mit den Matrosen im Takelwerk, und darüber öffnet sich der Himmel mit Jungfrau Maria im Glorienschein und dem Kind. Die Wolke, die zu ihren Füßen schwebt, trägt dasselbe Monogramm (es ist deckungsgleich) wie jenes, das die Mauer über der rechten Schulter von Marie-Jeanne Bournissay ziert. (Die Bilder von Notre-Dame-de-Laghet sind auf Glas gemalt.)

Man sieht dem Porträt an, daß es gemacht ist, um aller Welt zu gefallen. Nicht einmal Marie-Jeanne kann sich beklagen. Sie ist hier dargestellt als Frau, sogar als Hausherrin, mit der Frische eines jungen Mädchens. Und was soll man einer Person vorwerfen, die so ostentativ die Embleme der Frömmigkeit vorzeigt? Das Ehepaar war sich sofort einig, daß dieses Porträt einen Ehrenplatz erhält. Zuerst in der Kammer, denn was schön ist, kommt in ein Zimmer, das man nur am Abend betritt, dann hängte man es in der Stube auf, so oft wurde man gebeten, es auch zu zeigen. Das ganze Dorf kam, um es zu bewundern. Das war wirklich die Frau des Vorstehers. Marie-Jeanne schmeichelte diese Beförderung. Bis jetzt war es Jean-Barthélémy, dem Ehren zuteil wurden. Jetzt ist sie an der Reihe. Und wem hat sie es zu verdanken? Diesem ... diesem Mann, der, man muß es schon sagen, geheimnisvoll ist, der in Haute-Nendaz wie ein Pilz aus dem Boden schoß, ohne daß man die geringste Ahnung von seiner Herkunft hat, aus welcher Familie er kommt, und von all dem, was einen

Nachbarn, einen Mitbürger, einen Landsmann ausmacht. Fremd in jeder Hinsicht: Was seine Nationalität angeht, natürlich, nach seinem Akzent zu urteilen, er hat ja nicht verheimlicht, daß er aus Frankreich kommt, fremd aber auch in seinem Gewerbe, wie dieses Porträt beweist, fremd in seinem Benehmen, denn er lehnte es mit Entschiedenheit ab, sich im Haus eines Christenmenschen aufzuwärmen, fremd schließlich in seinem Körperbau, wenn man diesen Koloß mit seinen weißen Händen anschaut! Man stellte nämlich fest, daß er weiße Hände hatte – zuerst die Frauen, oder sogar die Mädchen, und dann die Männer. Und sie waren fein, das heißt unversehrt, ohne Lederhaut und Schwielen, die unsere Hände von der Feldarbeit bekommen, von der Hacke und vom Beil. Ganz offensichtlich war er ein Mann, der niemals etwas anderes in der Hand hatte als seine Pinsel oder, wer weiß?, vielleicht sogar Werkzeuge, die noch leichter sind: die Feder oder die reine Überlegung. Ein Notar? Denn was Federfuchser angeht, kann man sich in Haute-Nendaz nichts so recht vorstellen, ausgenommen einen Notar.

Jedenfalls steigt Charles-Frédéric Brun durch das Porträt von Marie-Jeanne beachtlich im Ansehen der Leute von Nendaz. Das Porträt allein hätte sicherlich nicht ausgereicht, wenn er nicht diesen Hintergrund eines Notars gehabt hätte, oder von wer weiß was, vielleicht »noch schlimmer«, aber diese Farben in Form von Marie-Jeanne werden dazu beitragen, daß man seine weißen Hände akzeptiert. Man kann nicht gerade sagen, daß weiße Hände hier ein hohes Ansehen genießen. Sie werden immer nur bei Faulpelzen gesehen. Man versteht natürlich, daß ein Priester weiße Hände hat; die Werkzeuge, die er handhabt, und die Gewichte, die er hochhält, gehören in eine übernatürliche Welt, das weiß man; beim Notar versteht man es auch, er wiegt das geschriebene Wort und wägt es ab. Deshalb wäre man auch nicht erstaunt, wenn man eines schönen Tages erfahren sollte, daß dieser Mann, der aus den Wäldern kam, ein Notar ist. Und schließlich hält man ihn jetzt schon in gewissem Sinne für eine Art Notar: er wiegt die Farben und wägt sie ab in ihrer Kombination, denn man wird ja wohl nicht behaupten wollen, daß einer Marie-Jeanne porträtieren kann, ohne zu kombinieren.

Man akzeptiert also seine weißen Hände; und wenn diesem Deserteur überhaupt etwas vorzuwerfen war, dann nur die Blässe jener menschlichen Gliedmaßen, die mehr Werkzeug als Körperteil sind. Das beschäftigt die Leute, ein heikles Thema (das man nicht einfach übergehen kann). Diese Blässe ist nämlich ein Zeichen von »Fremdheit«; daß man einen Fremden akzeptiert, ist selbstverständlich, aber »das Fremde« zu akzeptieren, ist nicht aller Welt gegeben. Man muß nur einmal die Bilder des Kreuzweges von Notre-Dame-du-Bon-Conseil anschauen. Es ist nicht weit zur Kapelle Notre-Dame-du-Bon-Conseil; über Veysonnaz und Le Chalet de l'Évêque sind es drei Stunden Marsch, und dann findet man sie in einem Lärchenwäldchen. Nicht zum ersten Mal haben weiße Notarshände ihre Bilder in dieser Gegend hinterlassen. Diese sind von einem namens Tiepolo, einem Venetier aus alter Zeit. Nun ja, der, den man in der Scheune von Fragnière hat und der im Heu unseres Vorstehers lebt, der ist eine Art Tiepolo. Folglich gehört es sich, daß seine Hände weiß sind, und es wird langsam Zeit, daß man die alte Weise, gut und böse zu trennen, hinter sich läßt und beim Denken auch ein paar von diesen modernen Dingen berücksichtigt. Die Welt wurde nicht nur von rauhen Händen gemacht, jemand mußte ihr auch Farbe geben. Außerdem hat dieser Mann nicht nur weiße Hände, sondern auch höfliche Manieren. Er ist, wie man so sagt, wohlerzogen, und hier täuscht man sich nicht: die Galgenvögel, die (das muß man schon in Betracht ziehen) ebenfalls weiße Hände haben, sind weder höflich noch wohlerzogen.

Auf diese Weise war er in den Häusern von Haute-Nendaz während langer Abende Gegenstand von Überlegungen und Gesprächen. Und die Decke übers Kinn gezogen, fragte der Mann seine Frau: Was sagst du dazu, was meinst du? Doch was man dachte, mußte erst einmal aus einer Vielzahl von Dingen heraussortiert werden; darunter auch, natürlich, immerzu das Porträt von Marie-Jeanne, das in allen Köpfen einen Ehrenplatz erhalten hatte.

Dieser erste Winter war eine schöne Zeit. Charles-Frédéric Brun hatte sich in der Scheune des Vorstehers eingerichtet und lebte, wie es ihm gefiel, das heißt, er »baute Luftschlösser«, nach der Redensart, die man hier für Leute bereithält, welche häufig ihre Augen auf Punkte jenseits aller Horizonte geheftet haben. Wenn man bei Charles-Frédéric Brun sagt, er habe sich eingerichtet, dann darf man sich nicht modernen Komfort vorstellen. Er hatte nicht einmal eine Decke aus Zeitungspapier wie der klassische Clochard. Fragnière überließ ihm den alten Soldatenmantel (er hatte mindestens zehn Jahre lang als Maultierdecke gedient) und punktum. Nicht etwa, daß Fragnière es an irgend etwas fehlen ließ: er war sogar bereit, ihm einen Schuppen direkt hinter seinem eigenen Hauptgebäude anzubieten, man hätte dort etwas wie ein Bett oder eine Liege hineingestellt und einen Herd, aber der Deserteur hatte alles abgelehnt, wie er auch mit wilder Entschiedenheit ablehnte, wenn man ihn zu sich einlud.

Zur Zeit des Porträts hatte Marie-Jeanne, die »Gutes tun« wollte, dem Deserteur vorgeschlagen, er solle doch einmal zu ihr in die Küche kommen. Wie alle Frauen wollte sie vermeiden, daß »dunkle Töne« in das Bild kamen, das sie darstellte. Ihr Vorschlag stieß nicht auf Gegenliebe. Brun hatte Marie-Jeanne lediglich von Kopf bis Fuß gemustert, hatte kehrtgemacht und war in seine Scheune gegangen (also, in die Scheune von Fragnière). In der folgenden Zeit kam es wohl zwanzig Male vor, daß Brun an diesem oder jenem Tag eingeladen wurde hereinzukommen, eine Schale Milch zu trinken oder sogar ein Glas Wein (aber allein das Angebot von Wein stieß auf erregte Ablehnung, die der Deserteur mit windmühlenartigen Armbewegungen unterstrich). Wenn schon keinen Wein, dann doch vielleicht ein Stück Käse, wenn er wollte auf die Hand, aber doch die Beine unterm Tisch? Und jedesmal ein Nein, ein sehr freundliches, sehr höfliches, aber bestimmtes Nein. Die Schale Milch trank er gern, aber in der Tür, auf der Schwelle, das Stück Käse nahm er mit Freude und Dankbarkeit, aber essen wollte er es »zu Hause«.

Er richtete sich nur provisorisch ein (wenn man überhaupt von »einrichten« sprechen kann). Alles in allem war es nicht mehr als der Abdruck seines Körpers im Heu. Natürlich ist das Heu warm, wie man weiß, sogar sehr warm, wenn es ein wenig gärt (und es steigt einem zu Kopf), aber wer sich damit zufrieden gibt, wenn der Himmel so hart gefroren ist, daß man die Gletscher in den Höhen krachen hört, oder wenn der Schnee so dicht fällt, daß er schwarz wird, oder wenn der Wind so stark bläst, daß durch die Ritzen der Bretterwand lange Nadeln spitzer Luft dringen, der muß sich etwas dabei denken oder in seinem Herzen kombinieren (sagen sich all die braven Leute von Nendaz, die ihren Platz hinterm Ofen nur verlassen, um sich rittlings auf die Stühle am Herd zu setzen).

Wenn wir uns mit der Beschreibung dieses Winters so ausführlich beschäftigen (und wir müssen noch ein wenig in die Tiefe gehen), dann deshalb, weil er das Verweilen des Deserteurs in diesem und genau diesem Dorf vorbereitet und möglich macht. Um 1850 wurde man nicht einfach von einem Bergdorf im Wallis adoptiert, vor allem, wenn man ein Mann von zwar großem, aber zweideutigem Format war. Ein Bergler hat seinen Stolz, er ist rauh und hat seine »festen Ansichten« über das Leben. Alles, was nicht zu diesen Ansichten gehört, wird erst nach einer gründlichen Inventur akzeptiert. Und eine solche Inventur findet in diesem Winter statt. Selbstverständlich spricht für ihn in erster Linie die Haltung des Gemeindevorstehers, er hat sofort seine Sicherheit für den Fremden (und das Fremde) hinterlegt, aber eine solche Sicherheit hätte nicht ausgereicht (immerhin wird der Deserteur zwanzig Jahre hier bleiben und auch hier sterben), wäre da nicht von allen Seiten noch anderer Kredit gekommen. Als unter den Händen dieses Elenden das Porträt von Marie-Jeanne entsteht, ist plötzlich alles anders: Nun würde man ihn auch ohne die Sicherheit des Ortsvorstehers adoptieren (also, man würde eine provisorische Adoption in Betracht ziehen). Die Blässe seiner Hände ist plötzlich kein Makel mehr, man weiß nicht einmal, ob es nicht sogar ein Vorzug sein könnte. Zwar redet man darüber, macht auch seine Bemerkungen zu anderen, aber doch nur, um dem Geheimnis einen Sinn zu verleihen, das diesen Mann umgibt. Ein Notar! Das heißt, so ein Mann im Gehrock, der die Gesetze handhabt wie der Schmied sein glühendes Eisen, ein Notar, der sein bürgerliches Heim verlassen hat, um sich hier im Heu zu verkriechen und Marie-Jeanne zu porträtieren! Also bitte, das ist doch was! Etwas, das man nicht vom Tisch fegen kann.

Zur selben Zeit gab es noch ein anderes Original in Haute-Nendaz. Es war ein Einheimischer, hieß Jacques Louis, genannt »der Verrückte«. Man war also schon einiges gewohnt, auch wenn unser Mann mit den Farben nicht verrückt war. Jacques Louis hatte noch einen anderen Beinamen: »der Minensucher«. Er pflanzte nichts an (keine Kartoffeln, keinen Lauch), er hütete kein Vieh, mähte kein Heu: er zog los in die Berge mit Hammer und Leiter. Er stieg hinauf zur Alp von Cleuson, und dann hämmerte er gegen die Felsen, mal rechts, mal links, mal oben, mal unten. Diese Arbeit machte er in finsterster Nacht. Auch ein Geheimnis, es war eben nicht das erste Mal, daß man damit zu tun hatte. Nach seinen Expeditionen in der Alp von Cleuson stieg Jacques Louis mit einem Sack voll Steinen nach Sion hinunter. Er ging zu Duc, dem Apotheker, kaufte eine Flüssigkeit, man weiß nicht welche, Duc goß seine Phiolen zusammen, aber was Jacques Louis wohl mit seiner Flüssigkeit angefangen hat – ein Geheimnis! Und doch nicht ganz undurchsichtig: Leute, die Jacques Louis gut kennen, behaupten, sie hätten bei ihm

einen Barren von einem gelben, glänzenden Metall gesehen. Keiner sagt, daß es gelb ist, glänzend reicht völlig, und Kupfer ist es nicht; Duc sagt, seine Flüssigkeit taugt nicht für Kupfer.
Ein Witz? Aber nein, wer macht hier Witze! Jacques Louis hat eine Silbermine entdeckt, eine kleine zwar, aber eine echte, die man industriell ausbeutet; also, was man um 1850 unter industriell versteht. Jacques Louis hat diese Ader entdeckt, und er hat sie verschenkt, versteht mich recht, nicht verkauft, er bekam dafür einen Anzug aus Tuch, den der Ingenieur in Sion gekauft hat. Wenn der nicht ein Original ist, wer dann?
Also, wißt ihr, einer mehr oder weniger, was macht uns das schon aus? Sagen wir, der Maler hat es einfach gut getroffen, als er bei uns blieb. Drei Meilen weiter, und es wäre vielleicht aus mit ihm gewesen.
In diesem ersten Winter wurde er mehr oder weniger geködert. Man kam zu Besuch, stellte Fragen, man lud ihn hundertmal ein, vielleicht ein wenig Stubenluft zu schnuppern (und an manchen Tagen war es eine große Versuchung). Er empfing jeden, beantwortete keine Frage, höchstens auf Umwegen, denn er war höflich und alles andere als wild, aber wenn man ihn einlud, sagte er nein, auch als der Frost den Stein sprengte.
Man besuchte ihn, weil allen das Porträt von Marie-Jeanne gefiel. Keiner glaubte im Ernst, daß er jeden hier auf diese Weise porträtieren würde: die Frau des

Vorstehers ist die Frau des Vorstehers, aber zu gern hätte man auch so ein Holzstück mit Farben drauf gehabt, das man an die Wand hängen kann. Ein Wunsch, der sich prächtig entwickelte in diesen finsteren Tagen, wo schon um drei Uhr nachmittags Nacht war.

Wir haben nicht alle so ein Gesicht wie die Frau des Vorstehers, das ist klar, aber jeder hat seinen heiligen Schutzpatron, und den könnte man doch an unserer Stelle malen, warum nicht? Das gäbe einen heiligen Jakobus, heiligen Mauritius, heiligen Georg, heiligen Martin, heiligen Leodegarius und eine heilige Antonia, heilige Elisabeth, der ganze Kalender ist hier vertreten, eine heilige Martha, heilige Anna. Ein Heiliger ist soviel wie ein Vorsteher. Hochmütig wären wir also nicht, und wir hätten ein schönes kleines farbiges Viereck, auf dem der Blick ruht.

Als die Bitten immer dringlicher und die Besuche immer häufiger wurden, die Kinder (trotz der Kälte) stundenlang bei der Scheune standen, in der Hoffnung, diese magischen Pinsel bei der Arbeit zu sehen, entschloß sich der Deserteur, seine Sachen zu packen. Eines schönen Tages (mein Gott, war er häßlich, mit seinen frostigen Windstößen und seinem schwarzen Schnee) fand man die Scheune verlassen vor. Der Deserteur war fort. Aber er war nicht weit. Er hatte sich in einer Holzhütte über dem Dorf eingerichtet, die noch trauriger war als der Heuschober von Fragnière, kein Mensch konnte darin wohnen,

aber deshalb entsprach sie um so mehr den Wünschen des Deserteurs. Freilich hatte er seine Flucht (mit der er Gefahr lief, daß man die gute Meinung revidierte und damit auch Freundschaft und gute Nachbarschaft) nicht unternommen, um all den Bestellungen von Bildern zu entgehen. Im Gegenteil, er selbst kam und brachte einem Maurice Soundso einen *Sankt Mauritius von Acaunum*.
Ein schönes Bild. Vielleicht stellte es sogar das Porträt von Marie-Jeanne in den Schatten. Das zumindest war die Meinung von Maurice Soundso, für den es gemalt worden war. Sicherlich nicht bedeutender als das Porträt von Marie-Jeanne, das in gewissem Sinne der Wurzelstock war, mit dem sich der Deserteur ins Herz von Haute-Nendaz gepflanzt hatte, kam ihm doch eine eigene Bedeutung zu, denn das Bild verhalf dem Maler dazu, daß er ein für alle Mal zu den Leuten gezählt wurde, die Respekt für ihre Arbeit und für ihren Charakter verdient haben. Er arbeitete mit Freuden, aber er wollte keine Zuschauer haben, wollte arbeiten, wann und wie es ihm gefiel, und zwar zu Hause. Darüber mochte man lächeln angesichts dieser notdürftig geflickten Baracke, die allen Winden offenstand, überall Wasser hereinließ, aber hierher hatte er sich zurückgezogen, für ihn war sie sein Zuhause.
Während nämlich das Dorf den Deserteur adoptiert, adoptiert der Deserteur das Dorf. Für Erfolg oder Scheitern dieser Adoption sind beiderseits tausend

kleine und große Empfindungen entscheidend, die durch tausend zufällige, minimale Umstände bewegt und zum Schwingen gebracht werden. Natürlich fühlte sich Charles-Frédéric Brun von Anfang an zu Jean-Barthélémy Fragnière hingezogen, der ihn aufgenommen hatte; dessen direkte Großzügigkeit hatte seiner Flucht Einhalt geboten und seine unruhige Seele besänftigt, aber damals war noch offen, ob er nur Station machen wollte oder sich niederlassen würde.
Erst später hatte der Deserteur den Wunsch, nicht mehr von diesem Ort und aus dieser Gesellschaft zu desertieren.
Brun denkt, daß Fragnière sehr nett zu ihm war. Nicht nur, weil er ihn an diesem ersten Abend im Spätherbst in seiner Scheune mit warmem Stroh bei Käse und Brot aufnahm, sondern weil er am nächsten Morgen mit Speck zurückkam, ein Zeichen, daß er mehr empfand als nur Barmherzigkeit: eine Freundschaft, die bei allen Deserteuren auf fruchtbaren Boden fällt, wer sie auch seien, so daß er schließlich die Idee mit dem Porträt hatte. Brun weiß, daß man einen wahren Löwenmut braucht, um Initiative zu ergreifen, dazu noch eine derart ungewöhnliche, bei Marie-Jeanne Fragnière, geborener Bournissay, als Hausherrin, als Herrin im eigenen Haus. Brun sagt sich, daß Fragnière ohne Zögern Ruhe und Frieden aufs Spiel setzte, indem er seine bessere Hälfte so direkt anging: Wenn sie abgelehnt hätte, dann wäre

der Teufel los gewesen. Fragnières Vertrauen in die Fertigkeiten des Deserteurs war groß, sonst hätte er nicht mit diesem einen Trumpf in der Hand sein Spiel gewagt (und er hatte sein Paradies auf Erden eingesetzt).

Keine Frage, daß dieser erste Sieg die anderen nach sich zog: eine Folge von Siegen, die er bei Jakob, Peter und Paul erfechten mußte, um schließlich und endlich ganz Haute-Nendaz zu gewinnen. Es wäre durchaus möglich gewesen, daß ich zwar dem Vorsteher gefalle, aber dem Rest der Gemeinde nicht, sagt sich Brun. Dann hätte ich wieder mein Bündel schnüren müssen, und das wäre mein Tod gewesen!

Er hängt mehr am Leben, als man bei seiner Lebensführung glauben könnte. Er erträgt Kälte, Armut, Einsamkeit, aber nur deshalb, weil er leben will, sonst würde er nichts ertragen, würde sich aufgeben, eine Versuchung, die ihn unten im Tal von Ferret überkam; wenn er also widersteht, wenn er das Porträt von Marie-Jeanne und jetzt vom heiligen Mauritius malt, dann heißt das, er will leben.

Übrigens gibt er es zu, wenn auch nicht explizit (denn er spricht so wenig wie möglich), aber doch in seiner Malerei. Wer Standarten und Pferde im Kopf hat, dem wohnt die Seele fest in seinem Leib. Er malt nicht, um die Welt auszudrücken; seine Bilder sind ausführliche Monologe, die er an jene richtet, von denen sein Leben abhängt. Er spricht in seinen Monologen frei heraus und gleichzeitig arbeitet er mit den Schablonen der »guten Presse«; er gibt sich preis und verbirgt sich. In diesem *Sankt Mauritius*, der von Acaunum ist, weil er von Haute-Nendaz ist (anderswo hätte es genausogut ein *Sankt Mauritius punktum* oder ein *Sankt Mauritius vom Heiligen Stein* oder irgendein Mauritius getan), verrät sich der Deserteur durch das Pferd, durch die Fahne, durch das Gesicht, in dem der »Stifter« scheu angedeutet ist; er verbirgt sich im schablonenhaften Baum, dem Strauß, dem Kreuz, dem Helm und der Uniform. Der Helm ist die exakte Wiedergabe der Helme jener »Schweizer Gardisten«, die in reichen Pfarreien jede Prozession begleiten, die Uniform ist die der Baldachinträger für Erzbischöfe. Baum, Strauß, Burg: Schablone; Pferd und Fahne: der Traum des Flüchtlings; das Pferd, um schneller vorwärts zu kommen, die Fahne ist ein idealer Paß; einen fahnenschwingenden Reiter fragt man nicht nach seinen Papieren. Was das Gesicht angeht, in dem man eine scheue Andeutung des Porträts von dem Bauern aus Haute-Nendaz, für den der *Sankt Mauritius* bestimmt war, sehen muß, so drückt er hier den anrührendsten Lebenswillen aus, den Willen, Wurzeln zu schlagen, nicht mehr zu fliehen, akzeptiert, adoptiert, geliebt, gelitten zu werden. »Ich habe mich in meine Hütte zurückgezogen, um nicht mehr wie ein seltenes Tier angestarrt zu werden, aber ich fühle mich so sehr in eurer Hand, daß ich euch sogar mit den Zügen der

Heiligen darstellen werde, damit ihr mich akzeptiert und mich nett findet.«

Mit der Zeit eignen sich Verfolgte (um 1850 und in allen Epochen) die Reflexe von Haustieren an: sie machen Männchen, damit man sie in Ruhe läßt, damit sie ihr Stückchen Zucker bekommen (das manchmal ein Jahr, zwei Jahre und hier zwanzig Jahre Frieden bedeutet). Die Anarchisten schildern sie in heroischer Überhöhung; aber nein, sie haben ihre ganz natürlichen Niederträchtigkeiten, das ist menschlich, und man kann es verstehen: »Ich werde dich, wenn nötig, mit den Zügen eines Heiligen darstellen, aber laß mich in Frieden.« Immerhin sagt er das in aller Liebenswürdigkeit: eine Harmonie aus Rosa, Braun, Grün und leichtem Stahlblau.

Und so wird der Deserteur in den zwanzig langen Jahren, die er bis zu seinem Tod in dieser Gegend verbringt, immerzu Porträts malen. Gewöhnliche Leute tragen ihr Bild in ihrem Paß mit sich. Außergewöhnliche Leute, jene, die desertieren, flüchten sich in Hütten, leben von der Barmherzigkeit der Welt und sind ihr ausgeliefert, sie machen sich Pässe, die das Bild ihrer Beschützer tragen.

Sehen wir uns die Vielfalt der Gesichter an: *Sankt Johannes der Täufer* (daneben sein »Totes Meer«, das ein See aus Grün ist), *Sankt Friedrich der Märtyrer, Sankt Jakobus Patron Westindiens, Erzengel Sankt Michael* (der, wie Brun uns mitteilt, Nicolas-Michel Mayoraz aus Mâche gehört), *Sankta Cäcilia, Sankta*

Philomena, Sankta Katharina, Erzbischof Sankt Martin, Sankt Bernhard, Sankt Jakobus in Galicien, Sankt Joseph (der das Wappen der Zimmerleute trägt), ein weiterer *Sankt Joseph* (der einen blühenden Hirtenstab in der Hand hält), ersterer hat einen runden Bart, der zweite einen mit zwei Spitzen, *Sankt Johannes*, ein dritter *Sankt Joseph*, das Jesuskind auf dem Arm, neben sich eine Stele, die auf den ersten Blick mit einem Freimaurerwappen geschmückt zu sein scheint, diesmal ist der irdische Joseph beigefügt, für den er gemalt wurde: Jacques-Joseph Fourny im Gehrock mit Goldknöpfen, einen Zylinder mit Kokarde auf dem Kopf. Sie alle sind nicht Einwohner eines Paradieses irgendwo, sondern tragen die Gesichter von Bauern aus diesem Winkel des Wallis, von Leuten, die hier von 1850 bis 1870 leibhaftig spazierengingen, arbeiteten, lebten, von Haute-Nendaz, den Almen von Sion, Veysonnaz, Le Chalet de l'Évêque bis nach Hérémence und der Alp von Thyon. Wir haben die Gesichter jener Leute vor uns, die für Sicherheit und Wohlergehen von Charles-Frédéric Brun bürgen. Bei etwas genauerer Betrachtung wird man in dieser »*legenda aurea*« das Gesicht von manchem Zeitgenossen erkennen, wie man ja auch in einem Kramladen von Siena dieses Gesicht aus einem Fresko, oder im Overall eines Mechanikers von Arezzo jenen Herrn von Piero della Francesca wiederfinden kann. All diese »Heiligen« haben sich ihr Brot an diesen Berghängen über Sion verdient; im einen oder anderen Augenblick hatten sie einen Zipfel Macht in der Hand, oder der Deserteur hat es sich so vorgestellt, vielleicht, weil sie einen Gehrock mit Goldknöpfen besaßen und manchmal auch anlegten, und jetzt sind sie geheiligt. An einem Markttag in Sion sieht man all diese Gesichter, die porträtiert wurden, um ihre Besitzer zu beschwören.

Das Werk von Charles-Frédéric Brun ist ein Tag für Tag geführtes Journal, in dem er sein Leben erzählt: manchmal verrät er sogar ein wenig von jener geheimnisvollen Vergangenheit, aus der er ohne Aufsehen hervortrat. Wenn wir etwas über diese Vergangenheit wissen, so können wir es nur von ihm erfahren haben. Und zwar sagt er uns mehr über sie, als man glauben könnte.

Auf dem Porträt von Jacques-Joseph Fourny im Gehrock mit Goldknöpfen haben wir an der Vorderseite eines Altars, der eine riesige Krone trägt, alle Insignien der Zimmerleute: das Winkelmaß, den Hammer, die Säge, die Zange, den Zirkel etc. Diese Instrumente sind auf eine ganz bestimmte Weise angeordnet. Nun, wir haben es mit jener formellen Ordnung zu tun, in der sie immer bei Zimmerleuten zu sehen sind, wenn sie ein Wappen für ihren Gesellenverein anfertigen lassen. Der Deserteur muß also aus einem Ort desertiert sein, an dem er diese Besonderheit kennengelernt hat, das bedeutet schlicht und einfach eine Werkstatt von Votivmalern: denn dort bestellten die Gesellen ihr Wappen, wenn sie bei der Prüfung ihres »Meisterstücks« bestanden hatten. Man kann diese Wappen von Zimmerleuten in Dijon, Annecy, Le Puy-en-Valey, Sisteron, Nizza, Roquesteron und in der Chapelle de Saint-Fiacre bei Draguignan sehen. Immer wird man das Handwerkszeug auf dieselbe Weise angeordnet finden, so wie sie der Deserteur auf dem Porträt von Jacques-Joseph Fourny wiedergegeben hat, beispielsweise steht das Winkelmaß rechtwinklig zum Sägeblatt, der Zirkel steht offen zwischen den Griffen der Zange, und es sind immer genau zehn Werkzeuge dargestellt.

Deshalb müssen wir über diese Werkstätten von Votivmalern ein Wort verlieren. Sie waren nicht seßhaft, man traf sie im allgemeinen an Wallfahrtsorten oder in der Nähe von gut besuchten Kapellen an. Sie ließen sich in Zelten oder in Grotten nieder, wenn es solche in der Nähe gab, bei schönem Wetter im Schatten eines Baumes, was am einfachsten und auch am günstigsten war, weil die Besucher in direkten Kontakt mit den Produkten der Werkstatt kamen. Diesen »Offizinen« standen Personen vor, die ein wenig gewitzter als die anderen waren und das Nötige veranlaßt hatten, um in die Bücher der kirchlichen Autoritäten des Ortes zu kommen. Manche gewährten Preisnachlässe für einen Rat oder gaben einfach dem Pfarrer und häufiger noch dem Küster etwas bar auf die Hand. Die Handwerker arbeiteten auf Bestellung im Freien und hatten Tag und Nacht kein Dach über dem Kopf (was vielleicht eine Erklärung für das Verhalten des Deserteurs sein könnte, der ja auch Tag und Nacht, Sommer wie Winter im Freien lebte; jedenfalls niemals bei Leuten, immer in Höhlen oder ähnlichen Behausungen).

In der schlechten Jahreszeit packt das Atelier seine sieben Sachen zusammen, die Handwerker gehen auf Wanderschaft. Im allgemeinen bleiben sie aus Kameradschaft zusammen, wenn aber das Handgeld erschöpft ist, Wind, Regen, Kälte schärfer werden, geraten sie miteinander in Streit, trennen sich, und jeder geht seiner Wege. Meist verbringen sie den Winter bei der »Mutter« ihres Gesellenvereins. Sie verrichten kleine Arbeiten, um Unterkunft und Verpflegung zu bezahlen: Wappen von Bruderschaften und Vereinen, Möbelmalerei, Bilderzählungen oder (wie der Deserteur in Haute-Nendaz) Porträts. Sobald die erste Blume auf dem Feld blüht, wittern sie Sakristeienluft. Manchmal vertragen sie sich wieder, um die Werkstatt aufzusuchen, die sie schon einmal beschäftigt hat, häufiger aber ist ihr Ziel die Kapelle eines anderen himmlischen Wunderdoktors, denn sie lieben die Veränderung.

In diesem Beruf heißt es den Brotkorb hochhängen. Wer bürgerlich denkt, sucht sich ein sicheres, anerkanntes Handwerk, das in einer besseren Straße liegt: Zimmermann, Tischler, Drucker etc.; eine solche Goldgrube führt zur Heirat, zu Häuschen und Spar-

kassenbuch, zu Kindern, zur Familie. Die anderen, die Abenteurer, die Einsamen, die Anarchisten, die Ungeselligen, solche, die im allgemeinen keine Papiere haben und die man in der guten Presse »zwischen zwei Gendarmen« abbildet, werden Schirmflicker oder reparieren Porzellan, werden Schornsteinfeger, Wasserträger oder Votivmaler. Wenn ein Verbrechen in der Gemeinde vorkommt, verliert man nicht seine Zeit mit der Suche nach dem Schuldigen, sondern stellt einen von diesen Sonderlingen an den Pranger, einer muß es gewesen sein; so ist jeder von ihnen immerzu verdächtig, denn es wird nicht lange gefackelt. Daher neigen sie zur Flucht, machen einen großen Bogen, sobald sie das Schild einer »königlichen Gendarmerie« ausmachen. Sie haben nicht viel auf dem Kerbholz, oft haben sie sich nie etwas zuschulden kommen lassen, aber da man ihnen alles zur Last legt, reagieren die Schwächeren mit Schuldbewußtsein. Ihr Traum ist, sich an einem Ort niederzulassen, wo man sie nicht kennt.
Und genau das hat der Deserteur getan. Er desertierte aus keiner Armee. Wenn er in dem Alter, das er hat, als er den Paß von Morgins überschreitet, noch in der Armee gewesen sein soll, dann müßte er sich verpflichtet haben; aber ein Berufssoldat ist gewitzter, weiß, was gespielt wird, wie man mit Gendarmen redet, er hat keine Angst vor der Polizeiwache, und vor allem hat er nicht seine Hände im Gebrauch von Pinseln aus Marderhaar geübt, beim Wacheste-

hen lernt man das nicht. Er desertierte aus einer Gesellschaft; er ist vor der Bourgeoisie geflohen; wir haben gesehen, wie scheu er ist. Wenn die Walliser ihn wegen seines offensichtlich merkwürdigen Verhaltens Deserteur taufen, so täuschen sie sich nicht.

Unter den »kleinen Sakristeimalern«, wie Gérard de Nerval sie nennt, gibt es nicht nur Landstreicher, Herumtreiber und gerissene Kerle; in diesem Beruf wimmelt es auch von Anarchisten, Philosophen, scheuen Menschen, Einsamen, Fastenpredigern, Raspail-Jüngern, Botanisierern, Sonntagstheologen, wobei die letzteren auch »Söhne des Erzbischofs« genannt wurden. Man beschränkt sich nicht darauf, Votivbilder zu malen, man »drischt Phrasen«, erläutert den Grund der Dinge, »behext« Krankheiten, heilt Brandwunden mit Spucke und Kreuzzeichen, man löst von Hexen ausgesprochene Zauber, bereitet einen Kräutertrank, und vor allem predigt man dies und das: gewürzt mit vagen Anspielungen auf die heiligen Texte. In der Kapelle von Saint-Crognat bei Saint-Étienne-de-Tinée, wohin jedes Jahr am 18. April eine Wallfahrt für die Heilung vom Krupp veranstaltet wurde, hängen an den Sakristeiwänden hölzerne Tafeln mit jeweils sechs Votivbildern, auf denen Wiegen, Ammen, verzweifelt schreiende Mütter mit weit aufgesperrtem Mund dargestellt sind, über ihnen diese (mit Verlaub gesagt) »Mißgeburt« von einem Saint Crognat, der ihnen die Erlösung brachte, ganz krumm, verbogen und verbeult, mit seiner Hasenscharte, seinem Buckel, seinen X-Beinen, seinen Spiralarmen und den folgenden vier Inschriften: Erstens: »Ich erfreue mich nicht am Tode, spricht der Herr, sondern am Gebet und am Leben der Menschen.« Darunter steht: »Tragt euer Kreuz in Demut, wie ich das meine getragen habe.« Außerdem: »Man tanzt nicht in der engen Tür.« Schließlich, unter der Inschrift eines kleinen Exvotos: »In Dankbarkeit für die Heilung von Firmin-Jules Goliath, zwei Jahre alt, den 2. Februar 1816«, der folgende Satz, der einem anderen sehr nahekommt, welchen der Deserteur unter sein großes Gemälde von Himmel und Hölle schreiben wird: »Verlassen ist der Weg des Heils, denn er ist mit Dornen besät.«

Was nicht heißen soll, daß der Deserteur jener Mann ist, der die Bilder von Saint-Étienne-de-Tinée gemalt hat: Die Exvotos von Saint-Crognat sind schlechte Malerei ohne jede Bedeutung, überdies von 1783 bis spätestens 1820, aber es scheint mir darauf hinzuweisen, daß in einem gewissen Milieu (dem der Votivmaler) die Traditionen des Handwerks von Geselle zu Geselle weitergegeben wurden und daß der Deserteur diese Traditionen kannte.

Der Mann, den der Ortsvorsteher Jean-Barthélémy Fragnière in Haute-Nendaz aufgenommen hatte, war also einfach (einfach?) ein scheuer »Sohn des Erzbischofs«.

Und so verging der erste Winter in diesem durch das Porträt von Marie-Jeanne aufmerksam gewordenen Dorf, indem die Leute, wie man sich vorstellen kann, mit um so größerem Appetit, als das Weiß des Schnees das Land bedeckte, die Magie der Farben entdeckten, welche ganz rein und fein zermahlen waren; verging auch für diesen scheuen Deserteur, der eine Heidenangst vor Gendarmen, Polizeiposten aller Art hatte, aus Prinzip jeden Zweibeiner floh, aus Angst, er könnte sich als Zweispitz entpuppen.

Außer dem Porträt der Vorsteherin datieren aus dieser Zeit: das Porträt von Antoine-François Genolet, das verschwunden ist, ein *Sankt Johannes und Sankt Joseph*, gemalt am 3. Februar 1850 für Jean-Joseph Théodul, eine *Sankta Magdalena*, die spurlos verschwunden ist, gemalt, wie man glaubt, für Madeleine Lévrard, der *Sankt Mauritius von Acaunum*, der *Sankt Martin* und vor allem *Sankta Philomena und Sankta Katharina*.

An zwei von diesen Bildern: *Sankt Johannes und Sankt Joseph*, gemalt für Jean-Joseph Théodul, und *Sankta Philomena und Sankta Katharina*, zweifellos gemalt für Philomène-Catherine Mayoraz (die einzige Frau in Haute-Nendaz, welche damals diese beiden Vornamen trägt), kann man ablesen, wie ein Teil der Legende des Deserteurs entstanden ist.

Legenden werden geboren, wenn reale Fakten von Menschen beobachtet oder empfunden werden, die nicht gewohnt sind, diese Fakten zu beobachten oder zu empfinden, und sie deshalb in ihrer Vorstellung uminterpretieren. In Haute-Nendaz sind in diesem Winter zwei Bilder auf besondere Weise präsent: *Sankt Johannes und Sankt Joseph* und *Sankta Philomena und Sankta Katharina*. In beiden Werken arbeitet der Deserteur mit höchst aristokratischen Farbbezügen. Im ersten ist es das Zusammenspiel von Schwarz und Rot, Blau und Gelb, in der Mitte ein rosiges Grau, um alles miteinander zu verbinden; im zweiten Bild werden das Blau und das Grün auf delikate Weise durch das erlesene Gelb des Mieders der heiligen Katharina unterstrichen. Man kann seine Mittel wie ein Schwein oder wie ein vornehmer Herr einsetzen: hier sprechen die Farben die Sprache eines Aristokraten. Als die Bauern von Haute-Nendaz das verstanden haben, ist es nur noch ein kleiner Schritt, bis sie sich vorstellen, daß der Deserteur ein großer Herr ist, und sie tun diesen Schritt mit Freuden.

So kommt es, daß der Deserteur sein ganzes Leben lang eine Figur aus den *Elenden* bleibt, wie wir zu Anfang schon festgestellt haben. Weil er auf aristokratische Weise die Farben einsetzt, denkt man, er sei ein Aristokrat. Natürlich ist er das, aber nur des Herzens. Das Herz aber ist für die Leute von Haute-Nendaz nicht genug. Einer von ihnen, der ein paar

Jahre in Paris gelebt hat, wird sagen, daß er einen Hofbischof im Dienst Karls X. gesehen hat, der im Gesicht und nach seiner Statur ganz wie Charles-Frédéric Brun aussah. Dieser Bergler von Haute-Nendaz, Bornet aus Beuson, hatte in der Armee gedient. »Ich bin ganz sicher, daß ich mich nicht täusche«, sagte er. Leute, die ganz sicher sind, sich nicht zu täuschen, haben sich schon immer getäuscht. Das ist auch hier der Fall. Sonst wäre ein seltenes Zusammentreffen zu bestaunen: die Begegnung des Söldners mit dem Bischof auf der Flucht. Überdies schreibt ein Bischof Babylon nicht mit einem Trema über dem *y* und zwei *n*: wenn er es aus Durchtriebenheit tut, dann sind wir wirklich mitten im Roman von Victor Hugo. Nein, der Deserteur ist kein Bischof. »Sohn des Erzbischofs«, meinetwegen, aber kein Hofbischof im Dienst Karls X.

Ganz offensichtlich ist er auch kein Mörder, weder aus Leidenschaft, noch gewöhnlich, noch aus politischen Motiven. Aber man stellt sich das gern vor, wenn der Schnee fällt, die Nacht ganz schwarz ist, wenn der Wind seufzt, der Berg murrt, der Frost einen am Herd festhält und der schrecklichste Wolf die Langeweile ist.

Könnten sie, die Leute von Haute-Nendaz, sich vorstellen, daß man gleichzeitig elend und aristokratisch sein kann, vor allem, daß die Aristokratie keine soziale Stellung, sondern eine Qualität des Herzens ist, dann wäre dem nichts hinzuzufügen; aber das können sie nicht, also bleibt noch viel zu sagen über diesen Mann mit weißen Händen, der unsere Gesichter an die heiligen Schutzpatrone ausleiht und dabei so schöne Farben verwendet.

Freilich sucht man, wo man kann, und was findet man nicht alles nach dem Bischof, nach dem Mörder, um seine weißen Hände zu erklären! Sie sind ja auch nicht zu übersehen, wenn man dem Deserteur beim Malen zuschaut: von ihnen scheint doch alles zu kommen. Natürlich ist da noch der Kopf, der alles dirigiert, aber es ist seine Hand, die den Pinsel hält, und auf den Pinsel schaut man. In ganz Haute-Nendaz gibt es keine anderen Hände, die weiß sind (und sogar noch weiter: bis nach Hérémence muß man gehen und noch weiter, man findet keine vergleichbaren, Sion vielleicht ausgenommen!). Hier müssen selbst die Frauen mit zupacken, und das ziemlich hart, denn sie bekommen davon Schwielen an den Fingern, wenn es darum geht, vor einem Gewitter das Heu einzuholen oder eine widerspenstige Kuh am Strick zu führen. Die ganzen zwanzig Jahre, die der Deserteur in Haute-Nendaz und Umgebung verbringen wird, legt er nie mit Hand an bei diesen bäuerlichen Arbeiten im Gebirge; nie hilft er jemandem, und, eigenartig, keiner wirft ihm das vor. Man hat auf den ersten Blick gesehen (als er unter den Augen der Dörfler zum ersten Mal seine Farben angerührt hat), daß er ein Mann ist, der sein Handwerk versteht. Schuster, bleib bei deinen Leisten, heißt es im

Volksmund. Er verlangt nichts von uns, wenn er all die heiligen Schutzpatrone mit unseren Gesichtern malt, also haben wir kein Recht, von ihm zu fordern, daß er uns das Heu einbringen hilft.

Der Respekt, der ihm da entgegengebracht wird, ist größer, als man glaubt. Ein großer Sieg für die Kunst, des Geistes über die Materie. Vor diesen Leuten von Haute-Nendaz sollten wir unseren Hut ziehen, die mitten im neunzehnten Jahrhundert (und Gott weiß, wie sehr man in diesem Jahrhundert das Papiergeld liebte) dem Künstler freizügig hervorragende Rechte einräumten.

Mit diesen Siegen (die belanglos aussehen, aber wichtig sind) erkämpfte sich der Deserteur Schritt für Schritt nicht nur sein Recht auf Leben, sondern auch seinen Frieden.

Seit wir ihn bei seinem Leben beobachten, ist die Zeit fortgeschritten, der erste Winter fand sein Ende in stürmischen Zuckungen. Aber er hat auch an diesem ungeschützten Mann genagt, der sich schutzlos fühlt. Der Deserteur mußte hungern und frieren. Dabei wäre es ein leichtes für ihn gewesen, ins Warme zu kommen (oder zumindest weniger zu frieren) und zweimal am Tag zu essen, er hätte nicht einmal betteln müssen, sondern nur annehmen, was ihm in bester Absicht angeboten wurde. Er zog es vor zu leiden; wahrscheinlich, weil das Leid ihm als der natürliche Preis für seinen Frieden erschien. Er hat den ganzen Winter in dieser Holzhütte in der Nähe von Le Chalet de l'Évêque verbracht, ohne Heizung und ohne Vorräte. Aus dieser Zeit stammen außer den schon erwähnten Werken vor allem Porträts (Porträts im Gewand von Heiligen: *Sankta Cäcilia, Sankt Victor, Sankt Jakobus Patron von Westindien*). Noch ist er in der Phase des Schmeichelns. Er schmeichelt, um zu leben. Er will vermeiden, daß der Gedanke aufkommt, ihn zu jagen oder bei den Gendarmen anzuzeigen; und dafür wird es nützlich sein, wenn man sich mit hübschen Farben im Gewand eines Heiligen dargestellt sieht.

Der Frühling bringt ihn wieder auf die Beine. Endlich kommt er aus seinem Loch hervor, er fühlt sich wie neu geboren, kann sich recken und strecken, Platz genug für seine langen Arme und Beine, er rappelt sich in seiner ganzen Größe auf und zieht ein wenig auf Abenteuer aus. Nur nicht zu weit! Er will sein Revier nicht verlassen; beim kleinsten Alarm muß er sich hier verkriechen können; aber er streift ein wenig in Vex, in Hérémence, Mâche, Évolène umher. Zu seiner großen Freude wird er überall begrüßt. Daß wir uns von diesem Empfang keine übertriebenen Vorstellungen machen: man baut ihm keine Triumphbögen, empfängt ihn nicht mit Fanfaren, aber man hetzt auch nicht die Hunde auf ihn und duldet seine Spaziergänge. Ausgezeichnet. Mehr noch: man gibt ihm Suppe; in ein paar Tagen wird man ihn ansprechen; noch ein paar Tage, und man wird sich gern mit ihm unterhalten. Man weiß, wer er ist, man weiß, was er tut, man kennt seine Legende: Bischof oder Gaukler der westlichen Welt. Man liebt ihn, wenn die Tatsache, daß man ihn toleriert, Liebe ist (aber sicher, für ihn bedeutet es soviel wie Liebe, er erwartet nicht mehr).

Bei seinen Ausflügen hat er nicht die Ruhe, die er zum Malen braucht, aber nicht umsonst ist er Sohn des Erzbischofs; er hat mehrere Pfeile im Köcher. Ab und zu verletzt sich ein Bauer mit dem Baummesser, und der Deserteur kennt ein wunderbares Mittel mit Alkohol und Arnikablüte; ein andermal ist es die Arznei der sieben Kräuter, die zur Anwendung kommt, manchmal auch Distelwurz oder ein Pulver aus kalzinierten Röhrlingen. Er kennt sogar (aber das muß unter uns bleiben) gewisse Worte, die man auf eine ganz bestimmte Weise aussprechen muß, dann stellen sich einige Dinge ein (die man sich wünscht): man findet einen Liebhaber, heiratet noch in diesem Jahr, ein widerspenstiges Kind schläft endlich ein, kurz, man hilft dem Lauf der Welt ein wenig nach. Der Deserteur, »Sohn des Erzbischofs«, macht das alles mit dem kleinen Finger. Überdies kennt er noch die Kunst der Tiermedizin, und nun sind diese Bauern beinahe im Schlaraffenland, wo doch eine ihrer Hauptsorgen das kranke Vieh ist – denn es kann nicht sagen, wo es ihm weh tut. Alles, was die Tiermedizin der Magie verdankt, kennt der Deserteur. Ein Empiriker hat zwangsläufig in der bäuerlichen Welt Erfolg. Und so gewöhnt man sich daran, daß der Deserteur auf allen Wegen gern gesehen ist.

Aus diesen Jahren mit kleinen Irrfahrten auf den Almen von Sion, im Tal von Nendaz, in Hérémence und Hérens stammen folgende Werke: *Die Geburt unseres Herrn Jesu Christi*, gemalt in Bar 1851; *Das Heilige Herz Jesu*, gemalt in Veysonnaz 1852; *Die Heilige Mutter Gottes und Sankta Philomena*, gemalt in Brignon 1850, das sind die Porträts von Marie Levrard und Philomène-Catherine Tournier; *Die Heilige Familie, Jesus, Maria und Joseph* in Saint-Léger, gemalt 1856, zum ersten Mal hat der Deserteur hier einen roten Hahn auf eine Stele zwischen Maria und Joseph gesetzt, wie er sich aus Tradition bei allen von Votivmalern dargestellten heiligen Familien findet. Der »Petrihahn«, den die Votivmaler aus populärphilosophischen Gründen der heiligen Familie beigeben, stellt sowohl den Heiligen Geist als auch den »Künder des Verrats« dar, diesen Hahn wird der Deserteur ein weiteres Mal in einem Bild verwenden, diesmal neben dem heiligen Petrus, in einer Art heiligen Familie der Jetztzeit, die er für Pierre-Joseph-Marie Bourdin aus dem Dorf Mâche malt. Wie man sieht, haben die Vornamen hier eine große Bedeutung, denn sie bestimmen weitgehend seine Inspiration. Hier also das Gotteskind neben dem, der es dreimal verleugnen wird (es handelt sich eindeutig um den Hahn der Verleugnung, der Heilige Geist in seiner noch traditionellen Form einer gekreuzigten Taube ist nämlich zwischen Joseph und Maria gemalt, wie es sich gehört, ein wenig über der Rechten

des Jesuskindes in einer schönen kleinen Gewitterwolke).
Noch aus derselben Zeit: *Sankta Elisabeth, Sankta Anna und Sankta Margareta*, gemalt für Anne-Élisabeth Michelet-Loye, Haute-Nendaz, im Jahre 1856; *Sankt Johannes der Täufer und Sankt Petrus, nebst Sankt Mauritius von Acaunum*, Haute-Nendaz, 1856; *Die Geburt des Welterlösers und Anbetung der Heiligen Drei Könige*, gemalt in Brignon am 24. Januar 1859 im Heuschober von Firmin Genolet. Dafür bekam er eine Kohlsuppe, gesalzenen Speck, Brot, ein Glas Wein und (das ist einzigartig im Leben des Deserteurs) drei Tassen »schwarzen« Kaffee; ein *Sankt Carolus*, immer noch in Brignon, im April 1859, aber nicht bei Genolet gemalt: er blieb in diesem Heuschober nur acht Tage im Januar 1859, denn zwei Gendarmen aus Sion haben ihm Angst eingejagt, sie streckten ihre Nasen aus einem Nebel, der mit Messern zu schneiden war, am Abend des 30. Januar, rein zufällig.
Aus diesen glücklichen Jahren stammt auch ein weltliches Bild nach der berühmten Moritat der Genoveva von Brabant: zwölf Tafeln, betitelt *Die Geschichte der Genoveva, Gräfin von Brabant, Gattin von Pfalzgraf Siegfried*. Für Pierre-Joseph Bourban und Anne-Marguerite Loye, seine Frau, beide aus Haute-Nendaz, einem Dorf am Cerisier, wurde dieses Bild in ihrem Hause angefertigt, am 23. des Monats September, im Jahr des Herrn 1857. Man weiß,

daß der Deserteur während der Jahre 1861-1865 auch andere weltliche Themen malte, immer nach Moritaten, manche dieser Lieder hatte er selbst in Reimen auf die Melodie von Fualdès verfaßt. Da war das Lied von der »Laus und der Spinne« (das Gildelied der Schuhmacher um 1820), die »Schreckliche Ermordung der Wäscherin von Angoulême« und wahrscheinlich »Die geheimnisvolle Marketenderin«, eine Moritat, die aus den Legenden von Waterloo hervorging. Diese drei Bilder sind verschwunden, aber dank der *Geschichte der Genoveva, Gräfin von Brabant*, die noch erhalten ist, können wir feststellen, was die Malerei des Deserteurs von den Bildern von Épinal unterscheidet.

Beide Werke sind grundverschieden; sie haben miteinander nichts zu tun. Die einzige Gemeinsamkeit ist, daß in den Bildern von Épinal sowie beim Deserteur die Geschichte in einer Folge von kleinen Kästchen erzählt wird. Im wesentlichen aber haben sie nichts gemeinsam. Die Bilder von Épinal sind nicht gemalt, sondern koloriert: ein Rock ist gelb, ein Gehrock violett, ein Wams rot, ein Baum grün, all das ohne Nuancen, Einzelheiten, Unterschiede, weil die Farben mit der Schablone aufgetragen wurden. Der Deserteur hingegen malte sein Bild: das Kleid der Genoveva hat Falten, ihr Brautschleier ist mit einer Blumenborte verziert und hat eine Farbe, die den durchsichtigen Stoff nachahmt etc.; nichts ist mit der Schablone aufgetragen, alles ist genau ausgemalt wie (bei allen Unterschieden) auf einer persischen Miniatur. Das gehörte zum Handwerk (und manchmal auch, wie hier, zur Kunst) der Votivmaler. Der Deserteur stammt nicht aus Persien, aber genausowenig kommt er aus Épinal. Wegen der kleinen Kästchen dachte man, endlich sei seine Herkunft aufgedeckt, aber nein, er kommt noch immer aus der gleichen Finsternis.

Und nun hat er sich eine Bleibe eingerichtet, wie man so sagt, hier im Tal von Nendaz: aber diese Bleibe ist immer nur eine Kuhle im Heu oder ein Strohlager, je nach Jahreszeit. Auch im tiefsten Winter kommt er niemals in die Nähe eines Herdes. Wenn er sagt, daß er die *Geschichte der Genoveva, Gräfin von Brabant* im Hause von Pierre-Joseph Bourban und Anne-Marguerite Loye, seiner Frau, malt, dann muß man das so verstehen, daß er in ihrer Scheune auf der Straße von Mâche nach Hérémence war. Sooft man ihn auch einlädt, niemals betritt er eines der »Häuser«. Vermutlich will er den Bogen nicht überspannen. Seine Überlegung könnte vielleicht folgendermaßen lauten: »Ihr ladet mich heute in aller Herzlichkeit ein; wenn ich annehmen würde, könnte ich mich schnell wieder an das bequeme Leben gewöhnen, und bald wäre eure Herzlichkeit verschwunden. Es ist nicht leicht, immer einen Fremden im Haus zu haben, während es sehr leicht ist, sich an ein gutes Feuer zu gewöhnen, wenn es draußen kalt ist. Nein. Bleiben wir, wo wir sind. Was ich habe, ist schon ganz schön. Ich verlange nicht mehr. Ich bleibe in der Kälte, und ihr bleibt zu Hause, so kann es weitergehen. Mehr erwarte ich nicht.«

Vielleicht war er auch ein bißchen verrückt: es gibt solche Säulenheiligen. Wie man gesehen hat, wimmelt es in seiner Umgebung von allen möglichen Heiligen, Gottesmüttern, Jesuskindern, aber wo bleibt Gott bei all dem. Er ist nicht zu finden, genausowenig wie in dem Gemurmel einer Rosenkranzbeterin. Eine einfache Materie, mit der er arbeitet, in der er sein Gleichgewicht wiederfindet wie der Schreiner im Holzgeruch, der Schuster im Duft des Leders. Das muß einmal gesagt sein, denn man sieht ihn oft in den Feldern, auf Wiesen und im Wald knien, er hat die Arme gekreuzt und betet. Man darf auch nicht vergessen, zu welcher Zeit sich unsere Geschichte ereignet. Im letzten Jahrhundert gehörten äußerliche Zeichen der Frömmigkeit zum guten Ton, vor allem in der Provinzgesellschaft, und waren unumgänglich, wenn diese Gesellschaft bäuerlich war. Man betete, wie man einen Adligen grüßte. Mehr war es nicht. Die Frömmigkeitsbezeugungen des Deserteurs gehen auch nicht tiefer. Sie bedeuten: »Ich bin ein braver Kerl, ich bin sehr wohlerzogen, ich trete nicht ins Fettnäpfchen. Ihr könnt mich bei euch dulden!«

Er ist ein braver Kerl, aber ein ganz klein wenig sitzt er auch »rittlings auf dem Epizykel Merkurs«, wie man zur Zeit Heinrichs IV. sagte. Er gab den Leuten kleine Säckchen aus Papier, die wie Skapuliere aussahen, damit konnte man fast alles heilen oder jemanden verzaubern. Er schrieb obskure Formeln auf, in denen Kreuze vorkamen, Malteserkreuze, Hakenkreuze. Er vertrieb den Teufel mit dem Wort Abrakadabra und dem Symbol der verkehrten Pyramide. Er stellte Diebe und bannte sie an den Ort ihres Verbrechens mit Räucherwerk aus Borretsch. Er komponierte Pasten aus in Kalk gebrannten Federn, Schwefel und Honig, gegen Schwindelgefühle und Zahnweh. Ein Arzneibuch für sich, das sich schlecht mit einem Glauben verträgt, der einen im Freien plötzlich mit gekreuzten Armen in die Knie sinken läßt.

Man muß ihn also nicht allzu lange beobachten, um festzustellen, daß er im Grunde profan geblieben ist, trotz dieser *legenda aurea* von Haute-Nendaz, die er beinahe ohne Atem zu schöpfen malt. Man muß nur sein Bild *Sankt Jakobus in Galicien, Sankt Joseph und Sankta Maria* sehen, das er für Jacques Claivaz malt, recht unverfroren in Farbe und Komposition. Sein *Sankt Joseph* ist besonders lächerlich, sein *Sankt Jakobus in Galicien* ist eine Karikatur und die Jungfrau Maria eine Patronatsdame. Das ist ganz der Stil der »kleinen Kapellenmaler«. Und auch ganz in ihrer Malweise. Die Gewohnheit, an der Kirchenpforte zu arbeiten, verleiht ihm das salbungsvolle Näseln eines Küsters, aber auch das freie Denken derer, »die im Serail ihr Brot gegessen«.

Er ißt nur wenig. Man gibt ihm von allen Seiten, aber nie bittet er um etwas. Natürlich bleibt kein »Bild« unbezahlt. Er bekommt Käse, Schinken, Brot, Suppe, sogar (wenig) Geld für Farbe und Pinsel (die man immer in Sion besorgt), aber wenn einmal kein Bild Anlaß gibt, sich der Existenz des Deserteurs zu entsinnen, hat man eher die Tendenz, ihn zu vergessen. Selbstverständlich muß er sich nur zeigen, und man gibt ihm reichlich zu essen, aber wenn er sich nicht zeigt, gibt es nichts, und von diesem Nichts wird man nicht fett. Oft gräbt er Wurzeln aus, um seinen Hunger zu stillen, an Tagen, wenn seine Scheu ihn lieber Wurzeln essen läßt, als in die Nähe von zivilisierten Leuten zu gehen.
Vor nicht allzu langer Zeit hatten diese zivilisierten Leute noch ganz andere Sorgen. Fünfzig Jahre lang bekämpfte man sich unter Brüdern, das Unterwallis gegen das Oberwallis. Dieser Krieg ist eben erst zu Ende gegangen. Ein Staat wie die Schweiz entsteht nicht ohne Erschütterungen; folglich gab es Leute, die sie weitertrugen. Soldaten trabten durch die Fluren, Standarten knatterten auf den Lichtungen. General Dufour, Kommandant der Bundestruppen, stand noch gestern Auge in Auge mit von Kalbermatten und seinen fünftausend Mann. Man hat zwar kapituliert, jedoch nicht aus Mangel an Mut, sondern weil vielleicht schließlich (nach fünfzig Jahren) etwas wie gesunder Menschenverstand neues Licht in den Blick und das Denken der Leute

gebracht hat. Das ist übrigens auch ein Grund, weshalb Charles-Frédéric Brun sich so einfach in das Wallis einschleichen konnte, denn immer noch ziehen Trupps entlassener Soldaten mit ihren Karren durchs Land. Und deshalb verbinden auch die Leute von Haute-Nendaz bei aller natürlichen Herzensgüte im hintersten Winkel ihre Menschenfreundlichkeit mit egoistischen Gefühlen, wie ein Krieg sie zurückläßt. Sie haben den Deserteur aufgenommen, das ist gut, sie können stolz darauf sein. Sie behalten ihn bei sich, sehr gut; aber außerdem muß man ihn auch unter seine Fittiche nehmen, und das ist etwas ganz anderes. Man hat den Eindruck, daß dieser Krieg mit den alten Zeiten Schluß gemacht hat, daß eine neue Zeit angebrochen ist. Sie kommen also nicht umhin, ihre Gesten dieser neuen Zeit anzupassen. Allein ist das nicht zu schaffen. Über der Mühe, die diese Anpassung den Leuten abverlangt, vergessen sie manchmal den Deserteur: nicht für lange, höchstens für ein oder zwei Tage.

Ein oder zwei Tage – für jemanden, der sie mit leerem Magen verbringt, ist es eine lange Zeit, vor allem wenn sie oft wiederkehrt. Der älter wird; und schneller altert als die anderen, eben wegen dieser Fastentage, wegen der Kälte und der Unruhe. Einmal ging er nach Hérémence. Man hatte ihn bestellt, um die *Anbetung der Heiligen Drei Könige* für Marie-Élisabeth Gillioz zu malen. (Er wird diesmal nicht dazu kommen, erst drei Jahre später malt er das Bild, als Marie-Élisabeth in Aproz ist.) Er ging also los, sein Bündel auf der Schulter. Als er in Veysonnaz ankommt, wird er angehalten, zuerst von Frauen und Kindern, dann auch von Männern: »Gehen Sie nicht weiter!« sagt man zu ihm. »Die Gendarmen suchen nach Ihnen. Sie sind heute morgen von Sion heraufgekommen, alles haben sie durchkämmt. Ach, jetzt, wo einen die Soldaten in Ruhe lassen, kommen die Gendarmen! Sie müssen sich verstecken!« Und man bietet ihm hundert verschiedene Verstecke im Haus an, aber was hilft es, einem Fuchs das Schlafzimmer anzubieten, wenn er die Meute auf den Fersen hat. Entsetzt rennt er davon und verschwindet in den Wäldern. Drei Tage bleibt er verschwunden, vielleicht versteckt er sich in einer Scheune, unter Heu, unter Felsen, im Unterholz oder bei den Bären, keiner weiß es. Als man ihn wiedersieht, ist er käseweiß, am Ende seiner Kräfte, ausgehungert, nervös, verschreckt, er zittert. Es dauert lange, bis er sich erholt hat.

Ein andermal besuchte er die Messe in Nendaz, da kamen Gendarmen herein und blieben in der Tür stehen. Der Pfarrer zwinkerte ihm in einem unbeobachteten Moment zu, ließ ihn nach der Messe durch die Sakristei entwischen, und auf der Wache log er wie gedruckt. Es gibt Momente, da darf man die Hölle nicht fürchten.

Die Hölle (nicht die von Dante, oh, nein!, die wirkliche ohne Pech und Schwefel), die Hölle hat der Deserteur auf Erden durchlebt. Eine Hölle der Unruhe, der Furcht; immer die Schlinge um den Hals, immer im Ungewissen, nicht, was der nächste Tag, sondern was die nächste Stunde bringen wird. Jeden Augenblick konnte sich ein Arm, der in einer Uniform steckte, aus dem Dunkel nach ihm ausstrecken, im Namen des Gesetzes. Dabei hat er dieses Gesetz niemals übertreten, sein einziges Verbrechen war, ein Elender zu sein. Denn, wir müssen es an dieser Stelle noch einmal betonen, er ist nicht aus dem Stoff eines Gesetzesbrechers gemacht noch aus dem eines Mörders, noch aus dem eines Politischen. Die ganzen zwanzig Jahre, die er in Nendaz zubringt, hat man an ihm niemals einen Zug von Hinterlist oder Heuchelei gesehen (seine öffentlichen Gebete sind nur eine Verteidigungsgeste gegen die Gesellschaft als Ganzes), mit nichts geht er hausieren, weder mit Sentimentalität noch mit Tugend, nicht einmal mit seinem schlichten Wesen, und genau das würde er sicherlich tun, wenn er falsch wäre. Nein, wenn er aus Frankreich geflohen ist und hier keine ruhige Minute verbringt, dann, weil er elend ist, ohne Papiere und somit laut Gesetz dazu bestimmt, dem erstbesten Gendarmen zur Beute zu werden, der ihm die Hand auf die Schulter legt.

Nach diesen Zwischenfällen wird er sich nie wieder an einem festen Ort niederlassen. Er kommt mit Freuden nach Haute-Nendaz, aber nie bleibt er länger als einen Tag in derselben Hütte. Jeden Morgen schultert er sein Bündel und begibt sich auf die Flucht: von Haute-Nendaz nach Beuson, von Beuson nach Brignon, von Brignon nach Veysonnaz, von Veysonnaz zu den Almen von Sion, nach Le Chalet de l'Évêque, nach Notre-Dame-du-Bon-Conseil, nach Lavallaz, Vex, Les Agettes, zur Alp von Thyon, nach Hérémence, Mâche, Évolène, die Hänge des Mont Rouge, Lärchenwälder, verlassene Heuschober, Unterholz; immerzu auf der Straße, ein bewegliches Ziel, um den Schüssen zu entgehen.

Und seit dieser Zeit klopft er immer wieder bei guten Leuten an, um Heilige zu malen, die göttlichen Begebenheiten: *die Heilige Jungfrau Maria* für Marie-Légère Délèze, Frau von Jean-François; *Sankt Johannes der Täufer; Jesus am Kreuze; Sankt Jakobus Patron Westindiens* für Jacques-Bartélémy Bourban; *Erzengel Sankt Michael* für Anne-Élisabeth Michelet; *Sankt Joseph in der Wüste*; *die Heilige Dreifaltigkeit*, datiert in Mâche; *die Königin des Himmels und der Erde*, datiert in Ayer; den *Totenkopf* für Jean-Joseph Sierro aus Mâche, den 4. Juni 1852; die Malereien auf Holz in der Kapelle von Pralong, auf den Almen von Hérémence den kleinen *Sankt Johannes* für Antoine Gaspard, Nendaz, Gemeinde von Hérémence, den 12. Dezember 1867 (es muß an diesem Tag sehr kalt gewesen sein).

Nach und nach schwinden seine Kräfte. Immer auf Wanderschaft, steile Wege, Pässe. Die Gendarmen im Tal denken schon seit langem nicht mehr an ihn: es gibt wichtigere Persönlichkeiten, einen wie ihn jagt man nicht zu Tode; nein, zweifellos waren sie nur gekommen, um sich einmal aus der Nähe anzusehen, was es mit diesem »Sonderling« auf sich hatte. Wenn er abhaut, nun gut, soll er abhauen, auf einen Strolch mehr oder weniger kommt es nicht an! Aber er stürzt sich in diese Flucht ohne Ende. Wege, Pässe, immer auf den Beinen, hinauf und hinunter, bergauf und bergab über die Terrassen des Wallis. Einmal noch macht er halt – um zu sterben.

Aber bevor er zur Ruhe kommt, um diese unumgängliche Formalität zu erledigen, muß er noch manchen guten und manchen bösen Tag hinter sich bringen. In weiten Abständen liegen seine guten Tage vor uns, markiert durch die Farben seiner Bilder. Besonders gut muß jener Tag gewesen sein, als er die *Darstellung des Gebietes von Orseraz* malt; es ist eines seiner seltenen weltlichen Bilder. Es gibt nur dieses und noch zwei andere, die man nur dem Titel nach kennt: *Der alte Soldat im Tal der Zehn* und *Tafeln vom Weinberg*. *Der alte Soldat* wurde für Jean-Louis Pranet gemalt, die *Tafeln* für Juliette-Marie Piquet, vielleicht liegen die Bilder vier oder fünf Jahre auseinander. *Der alte Soldat* war noch nach 1913 in einem Gasthaus von Sierre zu sehen; was ist danach aus ihm geworden? Von den *Tafeln* weiß man zwar, daß sie existiert haben, aber keiner hat sie je gesehen. Das ist schade, denn sie sind von der anderen Talseite. Hatte

Charles-Frédéric Brun denn jemals die Kühnheit, das Tal zu durchqueren? Man wüßte es gern, aber es ist leider nicht möglich; man weiß nicht einmal, woher diese Juliette-Marie Piquet kam (das gilt auch für Jean-Louis Pranet).

Angesichts der *Darstellung des Gebietes von Orseraz*, die erhalten blieb, können wir uns vorstellen, wie das Glück beschaffen war, das der Deserteur in seinen guten Tagen auskostete. Bukolische Freuden, reinster Hesiod. Kühe, Weiden, die täglichen Arbeiten, die Tannen, die Herden, das Dorf, die Berge und darüber ein Himmel, wo die Adler ganz natürlich jene Form von Maschinen im Sturzflug annehmen, wie man sie in den »Religiositäten« dem Heiligen Geist gibt. Er genoß also den Frieden der Tage auf dem Land, und er war empfindsam für ihren bescheidenen Glanz. Er konnte also über die heiligen Trugbilder hinaussehen, und die Realität schreckte ihn nicht. Er war den Bauern näher, als sie ahnten. Lediglich, daß er sich der bäuerlichen Arbeit wie ein Aristokrat bediente.

Nur zu gern würde man sich vorstellen, daß er oft solche Tage hatte. *Sankta Johanna, Königin von Frankreich* (um welche Johanna handelt es sich? Die berühmte Königin Johanna? Aber sie war ja nicht Königin von Frankreich! Und hatte überdies nichts von einer Heiligen!), *Sankt Mauritius, Sankt Martin und Sankta Cäcilia* (mit ihrer Harfe), *Sankt Friedrich* (mit der Pfauenfeder), die hübschen *Sankt Jakobus in*

Galicien, Sankt Joseph, Sankta Maria und vor allem *Erzbischof Sankt Martin, Sankt Jakobus und Sankt Johannes,* datiert in Beuson, den 20. April 1850 – all diese Bilder wurden nicht von einem Unglücklichen gemalt. Sie atmen eine ruhige Freude, da nimmt sich jemand die Zeit, eine Blume, einen Harnisch auszutüfteln, Standarten, Mäntel, Pferde, Satteldecken, einen Säbelknauf, eine Schärpe, ein Wollkleid, hat die Muße, ein schönes Rot fachgerecht zu mischen, ein schönes Schwarz, Gold-, Braun-, Blautöne, Malven und die ganze kleine Blumenpracht der Wiesen, die sich den Hufen der Pferde opfert. Wahrscheinlich hatte er sich auf der Schwelle irgendeiner Élisabeth-Madeleine niedergelassen, von Juliette-Louise oder Mathilde-Noémie, sich an seinen Pinseln zu schaffen gemacht, in der Nase den Duft einer Specksuppe. Er war in einem Dorf, vielleicht lag es auch vor oder hinter ihm, mit seinen Schweizerhäusern, seinen Kiepen, Schlitten, Misthaufen, seiner Jauche, seinen Brunnen, dem Heu, dem friedlichen Raunen, in das sich das Quietschen der Achsen, das Gebell der Hunde mischte, Muhen und Befehle. Oder die Stille. Die doch so schön ist, wenn man sich schließlich beruhigt hat und keine Angst kennt. Die Sonne stand hoch oder tief, war im Begriff zu steigen oder zu sinken, aber das war ihre tägliche Beschäftigung, die noch die ganze »Nacht der Zeiten« andauern konnte, ohne eine polizeiliche Sperrstunde. Solches wird es wohl hier oder dort einmal gegeben haben, er im Begriff, sich zu schneuzen oder die Nase mit dem Ärmel abzuwischen, dazu eine Kinderschar, frisch aus der Schule gekommen oder auf dem Weg dorthin, und vervollständigen wir dieses Bild durch das wahrscheinliche Bimmeln der kleinen, schrillen Glocke einer winzigen Kirche, die jetzt irgend etwas zu läuten hatte, man weiß nicht was: Morgenandacht oder Vesper, oder vielleicht das Vokabular der kirchlichen Signale durchbuchstabierte, ausgesandt für alle Frommen.

Es gab genug, um Girlanden aus Rosen, Veilchen, Maiglöckchen, Nelken, Stockrosen, Zinnien, Kapuzinerkresse, Lorbeerpalmen, Mehlbeeren und Kerbel zu weben; um zwanzig Pyramidenzypressen hinter einen berglerischen heiligen Johannes den Täufer zu pflanzen, Fahnen über einem heiligen Mauritius flattern zu lassen, um einen freundlichen Drachen aus Fuchs, Huhn und Schlange für die Lanzenspitze des heiligen Georg zu bauen. Jedes Elend hat seine Sonne.

Am 4. Juni 1852 stirbt Jean-Joseph Sierro, *requiescat in pace*. Ein Anlaß der Trauer: naja, der Deserteur ist nicht traurig, nicht auf Befehl. Jean-Joseph Sierro ist tot, aber Charles-Frédéric Brun ist noch ganz lebendig, und momentan ist kein Gendarm in Sicht. Also ist er nicht in Stimmung, einen angemessenen Schädel und akzeptable Schlüsselbeine zu erfinden: Der Totenkopf ist ein Kürbis, die gekreuzten Knochen schwimmende Hölzer wie bei La Fontaine (von nahem stellt das etwas dar, von weitem nichts). Da mag er die finstersten Sentenzen um den Totenkopf häufen, die Freude (in ihrer sarkastischsten Form) erglänzt auf diesem Grabstein. Das Dickicht auf den Feldern Elysiums steht in voller Blüte.

Wodurch werden die Tage des Elends und des Unglücks markiert? Zunächst durch nichts. An diesen Tagen malt er nicht, er bleibt in seinem Loch, liegt auf der Erde unter dem Heu, oder er streift durch die Wälder, also keine Pinselspur.

Manchmal wird er ganz zufällig beim Malen von der Angst oder dem Unglück gepackt (für ihn ist es dasselbe); dann weiß man, daß er an diesem Tag unglücklich war. Man sieht es an der fehlenden Kraft, einer Leere in seinen Gemälden. Das ist selten, aber man sehe sich das erste Porträt an: das von Marie-Jeanne Bournissay, Frau des geschätzten Vorstehers, man spürt, daß ihm noch nicht wohl war. Als er den *Bischof Sankt Leodegarius* malt, datiert in Brignon-sur-Nendaz, den 11. Januar 1869 (zwei Jahre vor seinem Tod), ist ihm auch nicht wohler, und diesmal kommt es nicht daher, daß er in einer neuen Lage ist, wie bei seinem ersten Porträt, denn er ist nun schon seit neunzehn Jahren im Tal von Nendaz, es kommt von etwas Unbekanntem, das ihn umlauert, vielleicht auch von der Krankheit, die ihn bald dahinraffen wird.

Denn immer noch lebt er unter unvorstellbar harten Bedingungen. Er will es so (oder es ist nicht seine

Absicht, Besseres zu wollen), man bietet ihm nämlich von allen Seiten Obdach und zu essen an. An einem Wintertag findet man ihn steif und starr wie die Gerechtigkeit. Er ist von Kopf bis Fuß gefroren, sein Blut zirkuliert nicht mehr, das Herz schlägt kaum noch, man weiß nicht einmal, ob er noch atmet. Man nimmt ihn mit, legt ihn in einen Backtrog, übergießt ihn mit heißem Wasser, massiert ihn, bis er wieder zu sich kommt. Sogleich besteht er dickköpfig darauf, daß man ihn nach draußen bringt, er möchte bei seiner Rastlosigkeit bleiben und weiterhin die Sterne sehen. Manchmal hat er zwei, drei Tage nichts zu essen, und wenn er etwas ißt, dann ist es immer nur ein Bissen, mal da, mal dort, geschenkte Nahrung, die manchmal (oft) seinem geschrumpften Magen nicht bekommt. Er lebt sehr ungesund. Und er ist über sechzig.

Er fühlt den Tod nahen. Häufig liegt er am Boden, nicht mehr aus Angst, sondern weil er nachzudenken hat. Er denkt an den Tag, als François Délèze ihn in der Nähe des Fleckens Brignan angetroffen hat. Der junge Notar Délèze war der einzige in der Gegend, der eine Zeitung abonniert hatte. Er hatte gelesen, daß die französische Regierung eine Amnestie für alle politischen Delikte verkündet hatte. Wer freiwillig ins Exil gegangen war, hatte eine Frist von vierzehn Tagen, um nach Frankreich zurückzukehren.

Das Delikt von Charles-Frédéric Brun wird niemals und durch kein Gesetz der Welt amnestiert: es war das Delikt des Elends, sein Verbrechen war es, arm zu sein. Nach dem Gespräch mit François Délèze hatte er versucht, zur Grenze zu kommen, nicht weil Frankreich für ihn so wichtig gewesen wäre, sondern weil sich jetzt vielleicht eine Gelegenheit bot, »Papiere« zu bekommen. Man behauptet sogar, daß etwas im französischen Konsulat in Sion unternommen wurde oder beim dortigen Botschafter, aber solche Vermutungen führen nicht weit: es gibt keine Spur von diesen vorgeblichen Demarchen in den Archiven dieser Botschaft, die auch Konsulat ist. Er ist also einfach bis zur Grenze gegangen, pedibus wie gewöhnlich; er hat den Zöllnern seine Lage erklärt, und die, es sind Leute aus dem Volk, wissen, daß es für das Delikt von Charles-Frédéric Brun niemals und von keiner Seite Gnade geben wird; sie schicken ihn zurück.

Und nun ist er für immer gefangen, vier Mauern kreisen ihn ein: das Elend, die Gendarmen, die Barmherzigkeit und der Tod.

Der ihn 1871 in Veysonnaz bei einem Pächter erreicht, und diesmal muß er das Bett annehmen, er hat keine andere Wahl. Es ist der neunte März. Er erlischt wie eine Lampe, die kein Öl mehr hat. Er muß nicht leiden; er geht einfach fort. Er hat selbst den Ausgang gefunden. Zum Teufel mit Regierungen und Gendarmen, dieses Herz, das immer langsamer schlägt, macht sich ganz von selbst die wunderbarste aller Amnestien mit den vorhandenen Mitteln. Was für eine wunderbare Höhle ist der Tod! Und wie geborgen sich der Deserteur jetzt bei ihm fühlt! Endlich hat er Zeit, sich um Dinge zu kümmern, auf die es ankommt. Und etwas liegt ihm sehr am Herzen: er möchte, bevor er geht, dem Menschen danken, der ihn hier als erster aufgenommen hat: dem Ortsvorsteher Fragnière, dem Mann von Marie-Jeanne Bournissay. Man läßt ihn rufen, er kommt. Soviel Dankbarkeit kann einem zu Herzen gehen. Was hat man schon getan, man hat nicht verdient, daß er jetzt, an der Schwelle des Todes, mit solcher Zuneigung an einen denkt. Man hätte gern mehr für ihn getan. Welche Ehre für den Deserteur, der jetzt geht. Der schon unterwegs ist.

Er war zu geheimnisvoll, um nicht einige Wellen an der Oberfläche der trüben Wasser zu hinterlassen, in denen er verschwand. Es gibt eine Überlieferung. Bevor er ging, hat er Fragnière sein letztes Werk gegeben: ein Kruzifix. Diesem Kruzifix werden Wunder nachgesagt. Als man den Sarg des Deserteurs von Veysonnaz nach Basse-Nendaz schaffte, wo sich damals der einzige Friedhof für diese Dörfer befand, wurde dieser von vier Bauern geschultert. Aber dieser Mann war groß, und so mußte man den Sarg auf ein Maultier laden. Vor der Chapelle de Sainte-Agathe blieb das Maultier stehen und wollte nicht weiter. Maultiere gelten als bockig; hier zog man es vor, einen Streich Gottes zu vermuten. Weil das Tier nicht zu bewegen war, machten sich die Männer

selbst an die Arbeit, sie luden den Sarg wieder auf ihre Schultern. Da begann das Glöckchen der Kirche ganz von selbst zu läuten, und der Sarg wurde leicht wie eine Taubenfeder.
Selig die Armen, denn sie werden Gott schauen. Es wäre das wenigste bei diesem hier.

Februar 1966

Bibliothek Suhrkamp

Verzeichnis der letzten Nummern

820 Gustav Januš, Gedichte
821 Bernard von Brentano, Die ewigen Gefühle
822 Franz Hessel, Der Kramladen des Glücks
823 Salvatore Satta, Der Tag des Gerichts
824 Marie Luise Kaschnitz, Liebe beginnt
825 John Steinbeck, Die Perle
826 Clarice Lispector, Der Apfel im Dunkel
827 Bohumil Hrabal, Harlekins Millionen
828 Hans-Georg Gadamer, Lob der Theorie
829 Manuel Rojas, Der Sohn des Diebes
830 Jacques Stéphen Alexis, Der verzauberte Leutnant
831 Gershom Scholem, Judaica 4
832 Elio Vittorini, Erica und ihre Geschwister
833 Oscar Wilde, De Profundis
834 Peter Handke, Wunschloses Unglück
835 Ossip Mandelstam, Schwarzerde
836 Mircea Eliade, Dayan / Im Schatten einer Lilie
837 Angus Wilson, Späte Entdeckungen
838 Robert Walser, Seeland
839 Hermann Hesse, Sinclairs Notizbuch
840 Luigi Malerba, Tagebuch eines Träumers
841 Ivan Bunin, Mitjas Liebe
842 Jürgen Becker, Erzählen bis Ostende
843 Odysseas Elytis, Neue Gedichte
844 Robert Walser, Die Gedichte
845 Paul Nizon, Das Jahr der Liebe
846 Félix Vallotton, Das mörderische Leben
847 Clarice Lispector, Nahe dem wilden Herzen
848 Edmond Jabès, Das Buch der Fragen
849 Ludwig Hohl, Daß fast alles anders ist
850 Jorge Amado, Die Abenteuer des Kapitäns Vasco Moscoso
851 Hermann Lenz, Der Letzte
852 Marie Luise Kaschnitz, Elissa
853 Jorge Amado, Die drei Tode des Jochen Wasserbrüller
854 Rudyard Kipling, Das Dschungelbuch
855 Alexander Moritz Frey, Solneman der Unsichtbare
857 Thomas Bernhard, Beton
858 Felisberto Hernández, Die Hortensien
859 Martinus Nijhoff, Gedichte
860 Jurij Trifonow, Zeit und Ort
861 Shen Congwen, Die Grenzstadt
862 Ogai Mori, Die Wildgans
863 Karl Krolow, Im Gehen
865 Gertrud von le Fort, Die Tochter Farinatas
866 Joachim Maass, Die unwiederbringliche Zeit

867 Stanisław Lem, Die Geschichte von den drei geschichtenerzählenden Maschinen des Königs Genius
868 Peter Huchel, Margarethe Minde
869 Hermann Hesse, Steppenwolf mit 15 Aquarellen von Gunter Böhmer
870 Thomas Bernhard, Der Theatermacher
871 Hans Magnus Enzensberger, Der Menschenfreund
872 Emmanuel Boye, Bécon-les-Bruyères
873 Max Frisch, Biografie: Ein Spiel, Neue Fassung 1984
874 Anderson/Stein, Briefwechsel
875 Rafael Sánchez Ferlosio, Abenteuer und Wanderungen des Alfanhui
876 Walter Benjamin, Sonette
877 Franz Hessel, Pariser Romanze
878 Danilo Kiš, Garten, Asche
879 Hugo von Hofmannsthal, Lucidor
880 Adolf Muschg, Leib und Leben
881 Horacio Quiroga, Geschichten von Liebe, Irrsinn und Tod
882 Max Frisch, Blaubart
883 Mircea Eliade, Nächte in Serampore
884 Clarice Lispector, Die Sternstunde
885 Konrad Weiß, Die Löwin
886 Tania Blixen, Moderne Ehe
887 Jean Grenier, Die Inseln
888 Thomas Bernhard, Ritter, Dene, Voss
889 Max Jacob, Höllenvisionen
891 Peter Huchel, Die neunte Stunde
892 Scholem Alejchem, Schir-ha-Schirim
893 Ferreira Gullar, Schmutziges Gedicht
894 Martin Kessel, Die Schwester des Don Quijote
895 Raymond Queneau, Mein Freund Pierrot
896 August Strindberg, Schwarze Fahnen
898 E. M. Cioran, Widersprüchliche Konturen
899 Thomas Bernhard, Der Untergeher
900 Martin Walser, Gesammelte Geschichten
901 Leonora Carrington, Das Hörrohr
903 Walker Percy, Der Kinogeher
904 Julien Gracq, Die engen Wasser
905 Francesco Jovine, Die Äcker des Herrn
906 Richard Weiner, Spiel im Ernst
907 Gertrude Stein, Jedermanns Autobiographie
908 Pablo Neruda, Die Raserei und die Qual
909 Marie Luise Kaschnitz, Menschen und Dinge 1945
910 Thomas Bernhard, Einfach kompliziert
911 Alexander Kluge, Lebensläufe
912 Michel Butor, Bildnis des Künstlers als junger Affe
914 Wolfgang Koeppen, Der Tod in Rom
915 Catherine Colomb, Das Spiel der Erinnerung
916 Bohumil Hrabal, Sanfte Barbaren
917 Tania Blixen, Ehrengard
918 Bernard Shaw, Frau Warrens Beruf
919 Mercè Rodoreda, Der Fluß und das Boot

920 Adolf Muschg, Dreizehn Briefe Mijnheers
921 Jorge de Sena, Der wundertätige Physicus
922 Anatolij Kim, Der Lotos
923 Friederike Mayröcker, Reise durch die Nacht
924 Stig Dagerman, Deutscher Herbst
926 Wolfgang Koeppen, Tauben im Gras/Das Treibhaus/Der Tod in Rom
927 Thomas Bernhard, Holzfällen
928 Danilo Kiš, Ein Grabmal für Boris Dawidowitsch
929 Janet Frame, Auf dem Maniototo
930 Peter Handke, Gedicht an die Dauer
931 Alain Robbe-Grillet, Der Augenzeuge
934 Leonid Leonow, Evgenia Ivanovna
935 Marguerite Duras, Liebe
936 Hans Erich Nossack, Das Mal und andere Erzählungen
937 Raymond Queneau, Die Haut der Träume – »Fern von Rueil«
938 Juan Carlos Onetti, Leichensammler
939 Franz Hessel, Alter Mann
940 Bernard Shaw, Candida
941 Marina Zwetajewa, Mutter und die Musik
942 Jürg Federspiel, Die Ballade von der Typhoid Mary
943 August Strindberg, Der romantische Küster auf Rånö
944 Alberto Savinio, Maupassant und der andere
945 Hans Mayer, Versuche über Schiller
946 Martin Walser, Meßmers Gedanken
947 Ödön von Horváth, Jugend ohne Gott
948 E. M. Cioran, Der zersplitterte Fluch
949 Alain, Das Glück ist hochherzig
950 Thomas Pynchon, Die Versteigerung von No.49
951 Raymond Queneau, Heiliger Bimbam
952 Hermann Ungar, Die Verstümmelten
953 Marina Zwetajewa, Auf eigenen Wegen
954 Maurice Blanchot, Thomas der Dunkle
955 Thomas Bernhard, Watten
956 Eça de Queiroz, Der Mandarin
957 Norman Malcolm, Erinnerungen an Wittgenstein
958 André Gide, Aufzeichnungen über Chopin
959 Wolfgang Hoffmann-Zampis, Erzählung aus den Türkenkriegen
961 August Scholtis, Jas der Flieger
962 Giorgos Seferis, Poesie
963 Andrzej Kuśniewicz, Lektion in einer toten Sprache
964 Thomas Bernhard, Elisabeth II.
965 Hans Blumenberg, Die Sorge geht über den Fluß
966 Walter Benjamin, Berliner Kindheit, Neue Fassung
967 Marguerite Duras, Der Liebhaber
968 Ernst Barlach, Der gestohlene Mond
969 Tschingis Aitmatow, Der weiße Dampfer
970 Christine Lavant, Gedichte
971 Catherine Colomb, Tagundnachtgleiche
972 Robert Walser, Der Räuber
973 Franz Rosenzweig, Der Stern der Erlösung

974 Jan Józef Szczepański, Ikarus
975 Melchior Vischer, Sekunde durch Hirn/Der Hase
976 Juan Carlos Onetti, Grab einer Namenlosen
977 Vincenzo Consolo, Die Wunde im April
978 Jürgen Becker, Felder
979 E. M. Cioran, Von Tränen und von Heiligen
980 Olof Lagercrantz, Die Kunst des Lesens und des Schreibens
981 Hermann Hesse, Unterm Rad
982 T. S. Eliot, Über Dichtung und Dichter
983 Anna Achmatowa, Gedichte
984 Hans Mayer, Ansichten von Deutschland
985 Marguerite Yourcenar, Orientalische Erzählungen
986 Robert Walser, Poetenleben
987 René Crevel, Der schwierige Tod
988 Scholem-Alejchem, Eine Hochzeit ohne Musikanten
989 Erica Pedretti, Valerie
990 Samuel Joseph Agnon, Der Verstoßene
991 Janet Frame, Wenn Eulen schrein
992 Paul Valéry, Gedichte
993 Viktor Šklovskij, Dritte Fabrik
994 Yakup Kadri, Der Fremdling
995 Patrick Modiano, Eine Jugend
997 Thomas Bernhard, Heldenplatz
998 Hans Blumenberg, Matthäuspassion
999 Julio Cortázar, Der Verfolger
1000 Samuel Beckett, Mehr Prügel als Flügel
1001 Peter Handke, Die Wiederholung
1002 Else-Lasker-Schüler, Arthur Aronymus
1003 Heimito von Doderer, Die erleuchteten Fenster
1004 Hans-Georg Gadamer, Das Erbe Europas
1005 Hans Jonas, Das Prinzip Verantwortung
1006 Marguerite Duras, Aurelia Steiner
1007 Juan Carlos Onetti, Der Schacht
1008 E. M. Cioran, Auf den Gipfeln der Verzweiflung
1009 Marina Zwetajewa, Ein gefangener Geist
1010 Christine Lavant, Das Kind
1011 Alexandros Papadiamantis, Die Mörderin
1012 Hermann Broch, Die Schuldlosen
1013 Benito Pérez Galdós, Tristana
1014 Conrad Aiken, Fremder Mond
1015 Max Frisch, Tagebuch 1966–1971
1016 Catherine Colomb, Zeit der Engel
1017 Georges Dumézil, Der schwarze Mönch in Varennes
1018 Peter Huchel, Gedichte
1019 Gesualdo Bufalino, Das Pesthaus
1020 Konstantinos Kavafis, Um zu bleiben
1021 André du Bouchet, Vakante Glut / Dans la chaleur vacante
1022 Rainer Maria Rilke, Briefe an einen jungen Dichter
1023 René Char, Lob einer Verdächtigen / Eloge d'une Soupçonnée
1024 Cees Nooteboom, Ein Lied von Schein und Sein

1025 Gerhart Hauptmann, Das Meerwunder
1026 Juan Benet, Ein Grabmal / Numa
1027 Samuel Beckett, Der Verwaiser / Le dépeupleur / The Lost Ones
1028 Ulrich Plenzdorf, Die neuen Leiden des jungen W.
1029 Bernhard Shaw, Die Abenteuer des schwarzen Mädchens auf der Suche nach Gott
1030 Francis Ponge, Texte zur Kunst
1031 Tankred Dorst, Klaras Mutter
1032 Robert Graves, Das kühle Netz / The Cool Web
1033 Alain Robbe-Grillet, Die Radiergummis
1034 Robert Musil, Vereinigungen
1035 Virgilio Piñera, Kleine Manöver
1036 Kazimierz Brandys, Die Art zu leben
1037 Karl Krolow, Meine Gedichte
1038 Leonid Andrejew, Die sieben Gehenkten
1039 Volker Braun, Der Stoff zum Leben 1-3
1040 Samuel Beckett, Warten auf Godot
1041 Alejo Carpentier, Die Hetzjagd
1042 Nicolas Born, Gedichte
1043 Maurice Blanchot, Das Todesurteil
1044 D. H. Lawrence, Der Mann, der Inseln liebte
1045 Jurek Becker, Der Boxer
1046 E. M. Cioran, Das Buch der Täuschungen
1047 Federico García Lorca, Diwan des Tamarit / Diván
1048 Friederike Mayröcker, Das Herzzerreißende der Dinge
1049 Pedro Salinas, Gedichte / Poemas
1050 Jürg Federspiel, Museum des Hasses
1052 Alexander Blok, Gedichte
1053 Raymond Queneau, Stilübungen
1054 Dolf Sternberger, Figuren der Fabel
1055 Gertrude Stein, Q. E. D.
1057 Marina Zwetajewa, Phoenix
1058 Thomas Bernhard, In der Höhe, Rettungsversuch, Unsinn
1059 Jorge Ibargüengoitia, Die toten Frauen
1060 Henry de Montherlant, Moustique
1061 Carlo Emilio Gadda, An einen brüderlichen Freund
1062 Karl Kraus, Pro domo et mundo
1063 Sandor Weöres, Der von Ungern
1064 Ernst Penzoldt, Der arme Chatterton
1065 Giorgos Seferis, Alles voller Götter
1066 Horst Krüger, Das zerbrochene Haus
1067 Alain, Die Kunst sich und andere zu erkennen
1068 Rainer Maria Rilke, Bücher Theater Kunst
1069 Claude Ollier, Bildstörung
1070 Jörg Steiner, Schnee bis in die Niederungen
1071 Norbert Elias, Mozart
1072 Louis Aragon, Libertinage
1073 Gabriele d'Annunzio, Der Kamerad mit den Wimpernlosen Augen
1075 Max Frisch, Biedermann und die Brandstifter
1076 Willy Kyrklund, Vom Guten

Bibliothek Suhrkamp

Alphabetisches Verzeichnis

Achmatowa: Gedichte 983
Adorno: Minima Moralia 236
– Noten zur Literatur I 47
– Noten zur Literatur II 71
– Noten zur Literatur III 146
– Noten zur Literatur IV 395
– Über Walter Benjamin 260
Agnon: Der Verstoßene 990
Aiken: Fremder Mond 1014
Aitmatow: Der weiße Dampfer 969
– Dshamilja 315
Alain: Das Glück ist hochherzig 949
– Die Kunst sich und andere zu erkennen 1067
– Die Pflicht glücklich zu sein 470
Alain-Fournier: Der große Meaulnes 142
– Jugendbildnis 23
Alberti: Zu Lande zu Wasser 60
Alexis: Der verzauberte Leutnant 830
Amado: Die Abenteuer des Kapitäns Vasco Moscoso 850
– Die drei Tode des Jochen Wasserbrüller 853
Anderson: Winesburg, Ohio 44
Anderson/Stein: Briefwechsel 874
Andrejew: Die sieben Gehenkten 1038
Andrzejewski: Appellation 325
– Jetzt kommt über dich das Ende 524
D'Annunzio: Der Kamerad 1073
Apollinaire: Bestiarium 607
Aragon: Libertinage 1072
Artmann: Fleiß und Industrie 691
– Gedichte über die Liebe 473
Asturias: Der Böse Schächer 741
– Der Spiegel der Lida Sal 720
Ba Jin: Shading 725
Bachmann: Der Fall Franza 794
– Malina 534
Ball: Flametti 442
– Zur Kritik der deutschen Intelligenz 690
Bang: Das weiße Haus 586
– Das graue Haus 587
– Exzentrische Existenzen 606

Baranskaja: Ein Kleid für Frau Puschkin 756
Barlach: Der gestohlene Mond 968
Barnes: Antiphon 241
– Nachtgewächs 293
Baroja: Shanti Anda, der Ruhelose 326
Barthelme: Der Tote Vater 511
– Komm wieder Dr. Caligari 628
Barthes: Am Nullpunkt der Literatur 762
– Die Lust am Text 378
Becher: Gedichte 453
Becker, Jürgen: Erzählen bis Ostende 842
– Felder 978
Becker, Jurek: Der Boxer 1045
– Jakob der Lügner 510
Beckett: Bruchstücke 657
– Damals 494
– Der Verwaiser 1027
– Drei Gelegenheitsstücke 807
– Erste Liebe 277
– Erzählungen und Texte um Nichts 82
– Gesellschaft 800
– Glückliche Tage 98
– Mehr Prügel als Flügel 1000
– Um abermals zu enden 582
– Warten auf Godot 1040
– Wie es ist 118
Benet: Ein Grabmal/Numa 1026
Benjamin: Berliner Chronik 251
– Berliner Kindheit 966
– Einbahnstraße 27
– Sonette 876
Bernhard: Amras 489
– Am Ziel 767
– Ave Vergil 769
– Beton 857
– Der Ignorant und der Wahnsinnige 317
– Der Schein trügt 818
– Der Stimmenimitator 770
– Der Theatermacher 870
– Der Untergeher 899
– Die Jagdgesellschaft 376
– Die Macht der Gewohnheit 415

- Einfach kompliziert 910
- Elisabeth II. 964
- Heldenplatz 997
- Holzfällen 927
- In der Höhe, Rettungsversuch, Unsinn 1058
- Ja 600
- Midland in Stilfs 272
- Ritter, Dene, Voss 888
- Über allen Gipfeln ist Ruh 728
- Verstörung 229
- Watten 955
- Wittgensteins Neffe 788

Bioy-Casares: Morels Erfindung 443
Blanchot: Das Todesurteil 1043
- Warten Vergessen 139
- Thomas der Dunkle 954
Blixen: Ehrengard 917
- Moderne Ehe 886
Bloch: Erbschaft dieser Zeit 388
- Spuren. Erweiterte Ausgabe 54
- Thomas Münzer 77
- Verfremdungen 2 120
Blok: Gedichte 1052
Blumenberg: Die Sorge geht über den Fluß 965
- Matthäuspassion 998
Bonnefoy: Rue Traversière 694
Borchers: Gedichte 509
Born: Gedichte 1042
Du Bouchet: Vakante Glut 1021
Bove: Armand 792
- Bécon-les-Bruyères 872
- Meine Freunde 744
Brandys: Die Art zu Leben 1036
Braun Volker: Der Stoff zum Leben 1-3 1039
- Unvollendete Geschichte 648
Brecht: Die Bibel 256
- Dialoge aus dem Messingkauf 140
- Flüchtlingsgespräche 63
- Gedichte und Lieder 33
- Geschichten 81
- Hauspostille 4
- Politische Schriften 242
- Schriften zum Theater 41
- Svendborger Gedichte 335
- Über Klassiker 287
Brentano: Die ewigen Gefühle 821
Breton: L'Amour fou 435

- Nadja 406
Broch: Demeter 199
- Die Erzählung der Magd Zerline 204
- Die Schuldlosen 1012
- Esch oder die Anarchie 157
- Gedanken zur Politik 245
- Hofmannsthal und seine Zeit 385
- Hugenau oder die Sachlichkeit 187
- James Joyce und die Gegenwart 306
- Menschenrecht und Demokratie 588
- Pasenow oder die Romantik 92
Brudziński: Die rote Katz 266
Bufalino: Das Pesthaus 1019
Bunin: Mitjas Liebe 841
Butor: Bildnis des Künstlers 912
- Fenster auf die Innere Passage 518
Cabral de Melo Neto: Erziehung durch den Stein 713
Camus: Die Pest 771
- Ziel eines Lebens 373
Canetti: Der Überlebende 449
Capote: Die Grasharfe 62
Cardenal: Gedichte 705
Carossa: Ein Tag im Spätsommer 1947 649
- Gedichte 596
- Führung und Geleit 688
- Rumänisches Tagebuch 573
Carpentier: Barockkonzert 508
- Das Reich von dieser Welt 422
- Die Hetzjagd 1041
Carrington: Das Hörrohr 901
- Unten 737
Castellanos: Die neun Wächter 816
Celan: Gedichte I 412
- Gedichte II 413
- Der Meridian 485
Ceronetti: Das Schweigen des Körpers 810
Char: Lob einer Verdächtigen 1023
Cioran: Auf den Gipfeln 1008
- Das Buch der Täuschungen 1046
- Der zersplitterte Fluch 948
- Geviertelt 799
- Über das reaktionäre Denken 643
- Von Tränen und von Heiligen 979
- Widersprüchliche Konturen 898
Colette: Diese Freuden 717
Colomb: Das Spiel der Erinnerung 915
- Tagundnachtgleiche 971

- Zeit der Engel 1016
Conrad: Jugend 386
Consolo: Wunde im April 977
Cortázar: Der Verfolger 999
- Geschichten der Cronopien und Famen 503
Crevel: Der schwierige Tod 987
Dagerman: Deutscher Herbst 924
- Gebranntes Kind 795
Daumal: Der Analog 802
Ding Ling: Tagebuch der Sophia 670
Doderer: Die erleuchteten Fenster 1003
Döblin: Berlin Alexanderplatz 451
Dorst: Klaras Mutter 1031
Drummond de Andrade: Gedichte 765
Dürrenmatt: Monstervortrag über Gerechtigkeit und Recht 803
Dumézil: Der schwarze Mönch in Varennes 1017
Duras: Aurelia Steiner 1006
- Der Liebhaber 967
- Der Nachmittag des Herrn Andesmas 109
- Ganze Tage in den Bäumen 669
- Liebe 935
Ehrenburg: Julio Jurenito 455
Ehrenstein: Briefe an Gott 642
Eich: Aus dem Chinesischen 525
- Gedichte 368
- In anderen Sprachen 135
- Katharina 421
- Marionettenspiele 496
- Maulwürfe 312
- Träume 16
Eliade: Das Mädchen Maitreyi 429
- Dayan / Im Schatten einer Lilie 836
- Die drei Grazien 577
- Der Hundertjährige 597
- Fräulein Christine 665
- Nächte in Serampore 883
- Neunzehn Rosen 676
- Die Pelerine 522
- Die Sehnsucht n. d. Ursprung 408
Elias: Mozart 1071
- Über die Einsamkeit der Sterbenden in unseren Tagen 772
Eliot: Gedichte 130
- Old Possums Katzenbuch 10

- Über Dichtung und Dichter 982
- Das wüste Land 425
Elytis: Ausgewählte Gedichte 696
- Lieder der Liebe 745
- Maria Nepheli 721
- Neue Gedichte 843
Enzensberger: Mausoleum 602
- Der Menschenfreund 871
- Verteidigung der Wölfe 711
Faulkner: Wilde Palmen 80
Federspiel: Die Ballade von der Typhoid Mary 942
- Museum des Hasses 1050
Fitzgerald: Der letzte Taikun 91
Fleißer: Ein Pfund Orangen 375
Frame: Auf dem Maniototo 929
- Wenn Eulen schrein 991
Frank: Politische Novelle 759
Frey: Solneman der Unsichtbare 855
Frisch: Andorra 101
- Biedermann und die Brandstifter 1075
- Bin 8
- Biografie: Ein Spiel 225
- Biografie: Ein Spiel, Neue Fassung 1984 873
- Blaubart 882
- Homo faber 87
- Montauk 581
- Tagebuch 1946-49 261
- Tagebuch 1966-1971 1015
- Traum des Apothekers von Locarno 604
- Triptychon 722
Gadamer: Das Erbe Europas 1004
- Lob der Theorie 828
- Wer bin Ich und wer bist Du? 352
Gadda: An einen brüderlichen Freund 1061
Gałczyński: Die Grüne Gans 204
García Lorca: Diwan des Tamarit 1047
- Gedichte 544
Gebser: Lorca oder das Reich der Mütter 592
- Rilke und Spanien 560
Gelléri: Budapest 237
Generation von 27: Gedichte 796

Gide: Chopin 958
- Die Aufzeichnungen und Gedichte des André Walter 613
- Die Rückkehr des verlorenen Sohnes 591
Ginzburg: Die Stimmen des Abends 782
Giraudoux: Elpenor 708
- Juliette im Lande der Männer 308
- Siegfried 753
Gracq: Die engen Wasser 904
Graves: Das kühle Netz 1032
Grenier: Die Inseln 887
Gründgens: Wirklichkeit des Theaters 526
Guillén, Jorge: Gedichte 411
Guillén, Nicolás: Gedichte 786
Guimarães Rosa: Doralda, die weiße Lilie 775
Gullar: Schmutziges Gedicht 893
Guttmann: Das alte Ohr 614
Handke: Die Angst des Tormanns beim Elfmeter 612
- Die Stunde der wahren Empfindung 773
- Die Wiederholung 1001
- Gedicht an die Dauer 930
- Wunschloses Unglück 834
Hašek: Die Partei 283
Hauptmann: Das Meerwunder 1025
Hemingway: Der alte Mann und das Meer 214
Herbert: Ein Barbar in einem Garten 536
- Herr Cogito 416
- Im Vaterland der Mythen 339
- Inschrift 384
Hermlin: Der Leutnant Yorck von Wartenburg 381
Hernández: Die Hortensien 858
Hesse: Demian 95
- Glück 344
- Iris 369
- Josef Knechts Lebensläufe 541
- Klingsors letzter Sommer 608
- Knulp 75
- Krisis 747
- Legenden 472
- Magie des Buches 542
- Mein Glaube 300
- Morgenlandfahrt 1
- Musik 483
- Narziß und Goldmund 65
- Politische Betrachtungen 244
- Siddhartha 227
- Sinclairs Notizbuch 839
- Steppenwolf 869
- Stufen 342
- Unterm Rad 981
- Der vierte Lebenslauf J. Knechts 181
- Wanderung 444
- /Mann: Briefwechsel 441
Hessel: Alter Mann 939
- Der Kramladen des Glücks 822
- Heimliches Berlin 758
- Pariser Romanze 877
Hildesheimer: Biosphärenklänge 533
- Exerzitien mit Papst Johannes 647
- Lieblose Legenden 84
- Tynset 365
- Vergebliche Aufzeichnungen 516
- Zeiten in Cornwall 281
Hoffmann-Zampis: Erzählung aus den Türkenkriegen 959
Hofmannsthal: Buch der Freunde 626
- Gedichte und kleine Dramen 174
- Lucidor 879
Hohl: Bergfahrt 624
- Daß fast alles anders ist 849
- Nächtlicher Weg 292
- Nuancen und Details 438
- Varia 557
- Vom Erreichbaren und vom Unerreichbaren 323
- Das Wort faßt nicht jeden 675
Horkheimer: Die gesellschaftliche Funktion der Philosophie 391
Horváth: Glaube Liebe Hoffnung 361
- Italienische Nacht 410
- Jugend ohne Gott 947
- Kasimir und Karoline 316
- Mord in der Mohrengasse 768
- Geschichten aus dem Wiener Wald 247
- Sechsunddreißig Stunden 630
Hrabal: Bambini di Praga 793
- Die Schur 558
- Harlekins Millionen 827
- Moritaten und Legenden 360
- Sanfte Barbaren 916

- Schneeglöckchenfeste 715
- Schöntrauer 817
- Tanzstunden für Erwachsene und Fortgeschrittene 548

Hrabals Lesebuch 726

Huch: Der letzte Sommer 545
- Lebenslauf des heiligen Wonnebald Pück 806

Huchel: Gedichte 1018
- Die neunte Stunde 891
- Margarethe Minde 868

Hughes: Hurrikan im Karibischen Meer 32

Humm: Die Inseln 680

Huxley: Das Lächeln der Gioconda 635

Ibargüengoitia: Die toten Frauen 1059

Inglin: Werner Amberg. Die Geschichte seiner Kindheit 632

Inoue: Das Tempeldach 709
- Eroberungszüge 639
- Das Jagdgewehr 137
- Der Stierkampf 273

Iwaszkiewicz: Drei Erzählungen 736

Jabès: Es nimmt seinen Lauf 766
- Das Buch der Fragen 848

Jacob: Höllenvisionen 889
- Der Würfelbecher 220

James: Die Tortur 321

Januš: Gedichte 820

Johnson: Skizze eines Verunglückten 785
- Mutmassungen über Jakob 723

Jonas: Das Prinzip Verantwortung 1005

Jouve: Paulina 1880 271

Jovine: Die Äcker des Herrn 905

Joyce: Anna Livia Plurabelle 253
- Briefe an Nora 280
- Dubliner 418
- Giacomo Joyce 240
- Kritische Schriften 313
- Porträt des Künstlers 350
- Stephen der Held 338
- Die Toten/The Dead 512
- Verbannte 217

Kadri: Der Fremdling 994

Kästner, Erhart: Aufstand der Dinge 476
- Zeltbuch von Tumilat 382

Kästner, Erich: Gedichte 677

Kafka: Der Heizer 464
- Die Verwandlung 351
- Er 97

Kasack: Die Stadt hinter dem Strom 296

Kaschnitz: Beschreibung eines Dorfes 645
- Elissa 852
- Ferngespräche 743
- Gedichte 436
- Liebe beginnt 824
- Menschen und Dinge 1945 909
- Orte 486
- Vogel Rock 231

Kassner: Zahl und Gesicht 564

Kateb Yacine: Nedschma 116

Kavafis: Um zu bleiben 1020

Kawerin: Unbekannter Meister 74

Kellermann: Der Tunnel 674

Kessel: Die Schwester des Don Quijote 894

Keyserling: Harmonie 784

Kim: Der Lotos 922

Kiš: Ein Grabmal für Boris Dawidowitsch 928
- Garten, Asche 878

Kluge: Lebensläufe 911

Koeppen: Tauben im Gras/Treibhaus/Tod in Rom 926
- Das Treibhaus 659
- Der Tod in Rom 914
- Jugend 500
- Tauben im Gras 393

Kolmar: Gedichte 815

Kommerell: Der Lampenschirm 656

Kracauer: Über die Freundschaft 302
- Georg 567

Kraus: Nestroy und die Nachwelt 387
- Pro domo et mundo 1062
- Sprüche und Widersprüche 141
- Über die Sprache 571

Krolow: Alltägliche Gedichte 219
- Fremde Körper 52
- Gedichte 672
- Im Gehen 863
- Nichts weiter als Leben 262
- Meine Gedichte 1037

Krüger: Das zerbrochene Haus 1066

Kuśniewicz: Lektion in einer toten Sprache 963

Kyrklund: Vom Guten 1076

Laforgue: Hamlet 733
Lagercrantz: Die Kunst des Lesens 980
Landsberg: Erfahrung des Todes 371
Larbaud: Fermina Márquez 654
– Glückliche Liebende 568
Lasker-Schüler: Mein Herz 520
– Arthur Aronymus 1002
Lavant: Gedichte 970
– Das Kind 1010
Lawrence: Auferstehungsgeschichte 589
– Der Mann, der Inseln liebte 1044
le Fort: Die Tochter Farinatas 865
Leiris: Lichte Nächte 716
– Mannesalter 427
Lem: Der futurologische Kongreß 477
– Drei geschichtenerzählende Maschinen 867
– Golem XIV 603
– Provokation 740
– Robotermärchen 366
Lenz: Dame und Scharfrichter 499
– Das doppelte Gesicht 625
– Der Letzte 851
– Spiegelhütte 543
Leonow: Evgenia Ivanovna 934
Lernet-Holenia: Die Auferstehung des Maltravers 618
Lersch: Hammerschläge 718
Levin: James Joyce 459
Lispector: Der Apfel im Dunkel 826
– Die Nachahmung der Rose 781
– Die Sternstunde 884
– Nahe dem wilden Herzen 847
Loerke: Gedichte 114
– Anton Bruckner 39
Loti: Aziyadeh 798
Lucebert: Die Silbenuhr 742
Lu Xun: Die wahre Geschichte des Ah Q 777
Maass: Die unwiederbringliche Zeit 866
Machado de Assis: Dom Casmurro 699
– Quincas Borba 764
Majakowski: Politische Poesie 182
Malcolm: Erinnerungen an Wittgenstein 957
Malerba: Geschichten vom Ufer des Tibers 683
– Tagebuch eines Träumers 840

Mandelstam: Die Reise nach Armenien 801
– Die ägyptische Briefmarke 94
– Schwarzerde 835
Mann, Heinrich: Geist und Tat 732
– Professor Unrat 724
Mann, Thomas: Schriften zur Politik 243
– /Hesse: Briefwechsel 441
Mansfield: Meistererzählungen 811
Mao Tse-tung: Gedichte 583
Marcuse: Triebstruktur und Gesellschaft 158
Mayer: Ansichten von Deutschland 984
– Goethe 367
– Versuche über Schiller 945
Mayoux: Joyce 205
Mayröcker: Das Herzzerreißende der Dinge 1048
– Reise durch die Nacht 923
Mell: Barbara Naderer 755
Menuhin: Kunst und Wissenschaft als verwandte Begriffe 671
Michaux: Ein gewisser Plume 902
Miller: Das Lächeln am Fuße der Leiter 198
Mishima: Nach dem Bankett 488
Mitscherlich: Idee des Friedens 233
– Versuch, die Welt besser zu bestehen 246
Modiano: Eine Jugend 995
Montherlant: Die Junggesellen 805
– Die kleine Infantin 638
– Moustique 1060
Mori: Vita Sexualis 813
– Die Wildgans 862
Morselli: Rom ohne Papst 750
Muschg: Dreizehn Briefe Mijnheers 920
– Leib und Leben 880
– Liebesgeschichten 727
Musil: Vereinigungen 1034
Nabokov: Lushins Verteidigung 627
Neruda: Gedichte 99
– Die Raserei und die Qual 908
Niebelschütz: Über Dichtung 637
– Über Barock und Rokoko 729
Nijhoff: Die Stunde X 859
Nizan: Das Leben des Antoine B. 402

Nizon: Das Jahr der Liebe 845
– Stolz 617
Nooteboom: Ein Lied von Schein und Sein 1024
Nossack: Das Mal 936
– Das Testament des Lucius Eurinus 739
– Der Neugierige 663
– Der Untergang
– Spätestens im November 331
– Unmögliche Beweisaufnahme 49
– Vier Etüden 621
Nowaczyński: Schwarzer Kauz 310
O'Brien: Aus Dalkeys Archiven 623
– Das harte Leben 653
– Der dritte Polizist 446
Olescha: Neid 127
Ollier: Bildstörung 1069
Onetti: Die Werft 457
– Grab einer Namenlosen 976
– Leichensammler 938
– Der Schacht 1007
– So traurig wie sie 808
Palinurus: Das Grab ohne Frieden 11
Papadiamantis: Die Mörderin 1011
Pasternak: Die Geschichte einer Kontra-Oktave 456
– Initialen der Leidenschaft 299
Paustowskij: Erzählungen vom Leben 563
Pavese: Junger Mond 111
Paz: Das Labyrinth der Einsamkeit 404
– Der sprachgelehrte Affe 530
– Gedichte 551
Pedretti: Valerie oder Das unerzogene Auge 989
Penzoldt: Der arme Chatterton 1064
– Der dankbare Patient 25
– Die Leute aus der Mohrenapotheke 779
– Prosa einer Liebenden 78
– Squirrel 46
– Zugänge 706
Pérez Galdós: Miau 814
– Tristana 1013
Percy: Der Kinogeher 903
Perec: W oder die Kindheitserinnerung 780
Pieyre de Mandiargues: Schwelende Glut 507

Pilnjak: Das nackte Jahr 746
Piñera: Kleine Manöver 1035
Plath: Ariel 380
– Glasglocke 208
Platonov: Dshan 686
Plenzdorf: Die neuen Leiden des jungen W. 1028
Ponge: Das Notizbuch vom Kiefernwald / La Mounine 774
– Texte zur Kunst 1030
Pound: ABC des Lesens 40
– Wort und Weise 279
Prevelakis: Chronik einer Stadt 748
Prischwin: Shen-Schen 730
Proust: Briefwechsel mit der Mutter 239
– Der Gleichgültige 601
– Eine Liebe von Swann 267
– Tage der Freuden 164
– Tage des Lesens 400
Pynchon: Die Versteigerung von No. 49 950
Queiroz: Der Mandarin 956
Queneau: Die Haut der Träume 937
– Heiliger Bimbam 951
– Mein Freund Pierrot 895
– Stilübungen 1053
– Zazie in der Metro 431
Quiroga: Geschichten von Liebe, Irrsinn und Tod 881
Radiguet: Der Ball 13
– Den Teufel im Leib 147
Rilke: Ausgewählte Gedichte 184
– Briefe an einen jungen Dichter 1022
– Bücher Theater Kunst 1068
– Das Florenzer Tagebuch 791
– Das Testament 414
– Der Brief des jungen Arbeiters 372
– Die Sonette an Orpheus 634
– Duineser Elegien 468
– Ewald Tragy 537
– Gedichte an die Nacht 519
– Malte Laurids Brigge 343
– /Hofmannsthal: Briefwechsel 469
Ritter: Subjektivität 379
Roa Bastos: Menschensohn 506
Robakidse: Kaukasische Novellen 661
Robbe-Grillet: Der Augenzeuge 931
– Djinn 787
– Die Radiergummis 1033
Roditi: Dialog über Kunst 357

Rodoreda: Der Fluß und das Boot 919
- Reise ins Land der verlorenen Mädchen 707
Rojas: Der Sohn des Diebes 829
Romanowiczowa: Der Zug durchs Rote Meer 760
Rose aus Asche 734
Rosenzweig: Der Stern der Erlösung 973
Roth: Beichte 79
Roussel: Locus Solus 559
Sachs: Gedichte 549
Saint-John Perse: Winde 122
Salinas: Gedichte 1049
Sanchez Ferlosio: Abenteuer und Wanderungen des Alfanhui 875
Satta: Der Tag des Gerichts 823
Savinio: Maupassant und der andere 944
- Unsere Seele / Signor Münster 804
Schneider: Die Silberne Ampel 754
Scholem: Judaica 1 106
- Judaica 2 263
- Judaica 3 333
- Judaica 4 831
- Walter Benjamin 467
Scholem-Alejchem: Eine Hochzeit ohne Musikanten 988
- Schir-ha-Schirim 892
- Tewje, der Milchmann 210
Scholtis: Jas der Flieger 961
Schröder: Der Wanderer 3
- Ausgewählte Gedichte 572
Schwob: Roman der 22 Lebensläufe 521
Seferis: Alles voller Götter 1065
- Poesie 962
Segalen: Rene Leys 783
Seghers: Aufstand der Fischer 20
De Sena: Der wundertätige Physicus 921
Sert: Pariser Erinnerungen 681
Shaw: Candida 940
- Die Abenteuer des schwarzen Mädchens 1029
- Die heilige Johanna 295
- Frau Warrens Beruf 918
- Handbuch des Revolutionärs 309
- Haus Herzenstod 108
- Helden 42
- Mensch und Übermensch 129
- Pygmalion 66

- Sechzehn selbstbiographische Skizzen 86
- Wagner-Brevier 337
Shen Congwen: Die Grenzstadt 861
Simon, Claude: Das Seil 134
Simon, Ernst: Entscheidung zum Judentum 641
Šklovskij: Dritte Fabrik 993
- Kindheit und Jugend 218
- Sentimentale Reise 390
- Zoo oder Briefe nicht über die Liebe 693
Solschenizyn: Matrjonas Hof 324
Spitteler: Imago 658
Stein: Erzählen 278
- Ida 695
- Jedermanns Autobiographie 907
- Kriege die ich gesehen habe 595
- Paris Frankreich 452
- Q.E.D. 1055
- Zarte Knöpfe 579
- /Anderson: Briefwechsel 874
Steinbeck: Die Perle 825
Steiner: Schnee bis in die Niederungen 1070
Sternberger: Figuren der Fabel 1054
Strindberg: Der romantische Küster auf Rånö 943
- Der Todestanz 738
- Fräulein Julie 513
- Schwarze Fahnen 896
Suhrkamp: Briefe an die Autoren 100
- Der Leser 55
- Munderloh 37
Szaniawski: Der weiße Rabe 437
Szczepański: Ikarus 974
- Die Insel 615
Szondi: Celan-Studien 330
Tardieu: Mein imaginäres Museum 619
Tendrjakow: Die Abrechnung 701
Thoor: Gedichte 424
Trakl: Gedichte 420
Trifonow: Zeit und Ort 860
Ullmann: Erzählungen 651
Ungar: Die Verstümmelten 952
Ungaretti: Gedichte 70
Valéry: Die fixe Idee 155
- Die junge Parze 757
- Gedichte 992

- Herr Teste 162
- Zur Theorie der Dichtkunst 474

Vallejo: Gedichte 110

Vallotton: Das mörderische Leben 846

Vargas Llosa: Die kleinen Hunde 439

Verga: Die Malavoglia 761

Vischer: Sekunde durch Hirn/Der Hase 975

Vittorini: Erica und ihre Geschwister 832
- Die rote Nelke 136

Walser, Martin: Ehen in Philippsburg 527
- Ein fliehendes Pferd 819
- Gesammelte Geschichten 900
- Meßmers Gedanken 946

Walser, Robert: An die Heimat 719
- Der Gehülfe 490
- Der Räuber 972
- Der Spaziergang 593
- Die Gedichte 844
- Die Rose 538
- Geschichten 655
- Geschwister Tanner 450
- Jakob von Gunten 515
- Kleine Dichtungen 684
- Kleine Prosa 751
- Poetenleben 986
- Prosa 57
- Seeland 838

Weiner: Spiel im Ernst 906

Weiß, Ernst: Der Aristokrat 702
- Die Galeere 763
- Franziska 660

Weiß, Konrad: Die Löwin 885

Weiss, Peter: Abschied v. d. Eltern 700
- Der Schatten des Körpers 585
- Fluchtpunkt 797
- Hölderlin 297

Weöres: Der von Ungern 1063

Wilcock: Das Buch der Monster 712

Wilde: Bildnis des Dorian Gray 314
- Die romantische Renaissance 399

Williams: Die Worte, die Worte 76

Wilson: Späte Entdeckungen 837

Wittgenstein: Über Gewißheit 250
- Vermischte Bemerkungen 535

Woolf: Die Wellen 128

Yourcenar: Orientalische Erzählungen 985

Zweig: Die Monotonisierung der Welt 493

Zwetajewa: Auf eigenen Wegen 953
- Ein gefangener Geist 1009
- Mutter und die Musik 941
- Phoenix 1057